はぐれ武士・

小杉健治

幻冬舎時代小説文庫

商人殺し

はぐれ武士・松永九郎兵衛

目次

雨がざあざあと降っている。蒸し暑い。番傘に弾ける雨音も強かった。額に刀傷のある大柄の浪人、松永九郎兵衛の足取りはどことなく重かった。

薬研堀の船宿で神田小僧巳之助を待っていたが、一向に現れなかった。巳之助が使いを寄越したのだ。約束を違えるとは思えない。巳之助に何があったのか。

大川の水嵩はいつにも増して高い。

柳橋から吉原に向かって漕ぎ出す遊び客の猪牙舟も、この雨では見当たらなかった。

三味線堀から大川に注ぐ鳥越川にかかる鳥越橋を渡ったところで、着流しに雪駄履きの背が高く細身の男が傘も差さずに駆けて来て、九郎兵衛の前で止まった。

「半次、どうした」

九郎兵衛は傘に入れと言うように、少し手を伸ばして言った。

韋駄天の半次。一緒に悪事を働く仲間の博徒である。

「旦那、すまねえが、これを持っていてくれ」

半次は突然、革の巾着を空いている九郎兵衛の手に握らせてきた。

「ん？」

九郎兵衛が詳しく訊ねる間もなく、

「すみません、頼みますぜ」

半次は走り去って行った。

九郎兵衛は雨の中を走って行く半次の背中を見送った。何がなんだかわからないまま、巾着を懐に仕舞い、住まいのある田原町に向けて歩いた。さすがにこれほどの雨なので、雷門に続く並木通りにも人の数は少なかった。

雷門の前を曲がろうとした時、四角い顔に鋭い目つきで、体格のよい男が目の前に現れた。それと同時に、三人の男が出てきて、九郎兵衛を取り囲んだ。岡っ引きと手下のようだ。その横に定町廻り同心の関小十郎がいた。

「三日月九郎兵衛」

四角い顔の男が言った。

腰に差している愛刀三日月から、その渾名が付いている。

九郎兵衛は黙って頷いた。

「俺は関の旦那から手札をもらっている串蔵という者だ。藤木屋銀左衛門殺しの件できたいことがある」

串蔵はいきなり手製の十手を突き付けてきた。

「何の真似だ」

九郎兵衛は訳がわからずにきく。

「知らぬとは言わせないぞ。ちゃんとお前の仕業だという証しが揃っている」

串蔵は意気込む。

「関殿。どういうことだ？」

九郎兵衛は同心の関に向かってきいた。

「今言った通りだ。藤木屋殺しだ」

関が冷たく言う。

「ばかな。何かの間違いだ」

九郎兵衛は吐き捨てた。

「ともかく、そこの自身番まで来てもらう」

「冗談ではない。身に覚えのないことで、自身番まで行けるか」

九郎兵衛は腹が立った。

「逆らうんですかえ」

串蔵が身構えて言う。関も鋭い目を向けた。

「本気で俺を疑っているのか」

が、ここで抵抗してさらに状況を悪くすることは避けたかった。

「わかった」

話せばわかってくれると思い、おとなしく田原町の自身番に付いて行くことにした。

雷門から五十間（約九十一メートル）ほど離れたところにある他と比べても大きな自身番で、立派な火の見櫓（やぐら）と半鐘が少し離れたところからでも目に付く。五十半ばの白髪交じりの家主の他に、四十過ぎの兄弟がふたりで店番をし、あとは雇い入れの若いふたりがいた。

関たちが入って来るなり、家主はすぐに奥の板敷の間を開けた。

九郎兵衛は背中を押され、そこに押し込まれた。関は岡っ引きだけを中に入れ、子分たちを外に待機させた。

板敷の間はぼんやりとした蠟燭の灯りだけしかなかったが、高いところにある小さな窓からは雷の光が時折差し込んで来た。

「訳を聞かせてもらおう」

九郎兵衛は関と串蔵の顔を交互に見た。

「五日前、駿河町にある呉服問屋『藤木屋』にお前と神田小僧巳之助が押し入り、主人の銀左衛門を惨殺し、二百両を奪った」

「ばか言うな」

九郎兵衛は一笑に付した。だが、串蔵は冷ややかな声で続けた。

「神田小僧の仕業と見当をつけ、自身番に呼んで巳之助を問い詰めた。すると、お前と一緒に『藤木屋』に押し入って、金を盗んだ上に銀左衛門を殺したと白状したんだ」

「巳之助がそんなことを言うはずない。巳之助に会わせろ」

「無理だ」

「なぜだ？　会わせないつもりか」

「巳之助は死んだ」

「今、何て言った？」

「死んだんだ」

関が厳しい顔で言う。

「自身番から大番屋に連れていく途中、逃げ出したのだ。すぐに追いかけたが、両国橋から大川に飛び込んだ。船を出して捜索したが、巳之助は見つからなかった。海に流されたのだろう」

「それでは死んだかどうか、わからんではないか」

「巳之助は怪我をしていた。長くは泳げぬはずだ」

「怪我？」

「どこで怪我をしたかわからぬがな」

関が重たい声で言った。

「嘘だ」

九郎兵衛はいきなり叫ぶ。

「巳之助が死ぬはずない」

「本当のことだ。さんざん捜したが見つからなかった。死んだと思うしかない」

「いつのことだ？」

「昨日だ」

「昨日？」

薬研堀の船宿で会いたいと使いを寄越した後のことか。船宿に巳之助が現れなかったのは事実だ。

「神田小僧が死ぬなんて考えられぬ」

九郎兵衛はもう一度言った。

神田小僧は、あくどいことをして儲けている者からしか金を盗(と)らない、本名を巳之助と言う盗人(ぬすっと)だ。九郎兵衛は何度か神田小僧とつるんであくどい奴らを痛めつけたことがあった。

「神田小僧はお前が銀左衛門を殺したと言っていた」

「何かの間違いだ。あいつは殺生などしない。俺とあいつで押し込みなど」

九郎兵衛は頑として撥(は)ね返したが、

「お前がどう思おうが事実だ。お前と神田小僧が企てた殺しだというのはわかっている」

関は言い切った。

「何を勘違いしているのか知らないが、その藤木屋殺しに俺は関係ない」

「惚けたって無駄だ。串蔵がちゃんと証しをあげている」

関は言い、隣の岡っ引きを見た。串蔵は睨みつけるように眉間に皺を寄せて、九郎兵衛を見ていた。

「まず、このひと月くらい夜になると『藤木屋』の周りをうろついていたな」

関は低い声で言う。

「俺じゃない」

九郎兵衛は否定するが、

「何人もお前の姿を見ている」

関が覆いかぶせるように言い返す。

さらに、続けた。

「それに、お前が『藤木屋』から金を借りていた証書も出てきた」

関が懐から紙を取り出し、見せてきた。

そこには、金十両を借りた旨と、返済の期日が書かれていた。期日はひと月前になっている。そして、九郎兵衛の名前が書いてあった。自分の字と似せているが、全くの別物だ。

九郎兵衛が啞然としていると、突然串蔵の目が光った。次の瞬間、いきなり九郎兵衛の懐に手を突っ込んできた。九郎兵衛は相手の手首を摑(つか)んで捻った。

「痛え」

串蔵が悲鳴を上げた。

「やめろ。手を放せ」

関が怒鳴る。

「懐のものを見せろ」

九郎兵衛は手を放し、懐から半次から預かった革の巾着を出した。串蔵はすぐに巾着を乱暴に奪った。

「旦那、これは確かに藤木屋さんのです」

串蔵がほくそ笑んだ。

「ここまで証しが揃っているのに、しらばっくれるというのか」

関が大きな声で怒鳴りつける。

「知り合いから預かっただけだ」

九郎兵衛は落ち着いて言い返したが、

「白々しい」

と、関が一蹴した。

「巾着は本当に預かっただけだ」

「誰から預かったんだ」

「……」

半次の名を出そうとして、九郎兵衛は思いとどまった。半次を庇うつもりで、答えなかった。

「どうした、言えないんだろう」

関が冷笑を浮かべた。

一体何が起こったのか、九郎兵衛は頭が混乱していた。想像も出来なかった。

その後、九郎兵衛は南茅場町の大番屋に連れていかれ、そこでさらに厳しい取り調べを受けた後、縄で後ろ手に縛られ、関や串蔵たちに連れられ小伝馬町の牢屋敷に向かった。

「人を殺したんだ。死罪は免れねえ」

串蔵がにやついて言う。

「誰が仕組んだのだ」

九郎兵衛は大声を張り上げた。

「おとなしくしろ。みんなが驚いて見ているではないか」

関が顔をしかめた。

通りがかりの者が恐ろしいものを見るような目を向けていた。野次馬の中に半次の顔を探したが、見つからなかった。やがて、牢屋敷の門が見えてきた。

第一章　放免

一

それからふた月後。

西の空には、うろこ雲が夕陽の上で涼しそうに泳いでいる。どことなく乾いた空気が漂うようになっていた。

小伝馬町の牢屋敷から、白地の着物に太い縞の袴を穿いた、大柄の割には痩せた浪人風の男が出てきた。月代は伸び、無精髭が汚らしい。ふた月も薄暗い不潔な牢獄に閉じ込められていたのだ。

三日月九郎兵衛だ。腰には奉行所から返却された愛刀三日月を差している。

何日かに一度、吟味のために南町奉行所まで連れて行かれた、その時に町の風景を目にしたが、こうして自由の身になって改めて町を眺めると、妙な感慨にとらわれた。

　藤木屋銀左衛門殺しで真の下手人が見つかり、晴れて放免となった。直近の吟味でも九郎兵衛の疑いが晴れる見込みはなかった。それが急展開したのである。

　放免になる十日ばかり前に、芝神明町で『鯰屋』という料理茶屋を営んでいる権太夫が、用心棒で雇っている蓑田三郎という浪人が酒に酔って殺しを白状したと、奉行所に訴え出た。それで調べてみると、蓑田は九郎兵衛と体つきがよく似ていて、持っている刀も九郎兵衛の愛刀三日月と同じ朱鞘だった。さらに、蓑田は以前、藤木屋銀左衛門の下で用心棒として働いていたこともわかり、また辞める時にも喧嘩別れだったという。岡っ引きが蓑田のことを調べている際に、蓑田は大川に身を投げて命を絶ったという。

　これ以上調べることが出来なくなったが、奉行所は蓑田の仕業だと決めて、九郎兵衛が放免される形になったのだ。しかし、吟味で出された九郎兵衛を下手人とするいくつかの証しが否定されたという事実はなかった。

　何かおかしいと思いながらも、九郎兵衛は余計なことを考えず牢獄から出たのだ。

蓑田三郎……。

九郎兵衛は何度も頭の中でその名前を繰り返したが、一向に思い当たる節はなかった。蓑田が大川に身を投げたというのも妙だ。神田小僧巳之助も大川に飛び込んで死んだことになっている。

それより、吟味の最中にも半次の名が出ることはなかった。なぜ、半次のことは表に出てこないのか。半次はあの事件に何らかで関わっているはずだ。

どうして、俺に革の巾着を預けたのか。

(まさか俺をはめようとしていたのだろうか)

今まで親しくしていただけに、そんなことはないと思いたかった。

九郎兵衛はとりあえず、自分を牢獄から救ってくれた鯰屋権太夫に礼をしようと、髪結床で伸びた月代や髭を綺麗にしてから、芝神明町へ向かった。

日本橋(にほんばし)を渡り、京橋(きょうばし)の町々を突っ切り、一里と十町(約五キロ)ほどの道のりを進んだ。

芝神明町に辿り着き、店の看板を注意深く見て回った。

やがて黒板塀の内側に松の木がある料理茶屋が現れた。界隈でも一番目立つ大きな構えで、『鯰屋』という太い文字で書かれた看板が掲げられていた。

門を入り、店の脇にある家族用の出入口の戸を開けて、

「誰かおらぬか」

と、声を掛けた。九郎兵衛の低い声は長い廊下に飲み込まれた。しばらく経って、腹から声を出して、もう一度呼んだ。

すると、十五、六くらいの女中が廊下の奥から小走りにやって来た。

「お待たせして申し訳ございません」

女中は丁寧に頭を下げる。

「松永九郎兵衛という者だが、旦那はいるか」

「松永九郎兵衛さま」

女中は繰り返してから、

「どのようなご用で？」

と、きいてくる。

「礼がしたいと伝えればわかるはずだから」

「少々お待ちください」

女中は奥に下がり、少ししてから戻って来た。

「どうぞ、こちらへ」

上がるように促され、女中に付いて行く。

廊下をいくつか曲がった先にある部屋に通された。

四十過ぎの痩せた男が煙管(キセル)をくわえていた。九郎兵衛はその男の前に座った。

「松永さまですね。お初にお目にかかります、鯰屋権太夫と申します」

権太夫は愛嬌のある高い声で言った。柔らかな物腰ながらも、どこか陰のありそうな男だと感じ取った。

「旦那に助けて頂いた礼をしに来たまでなんだが。といっても、手土産も何もなく申し訳ないが」

「いえ、とんでもない。わざわざ、お越し頂き、ありがとうございます」

権太夫は頭を下げてから、

「松永さまのことですから、いらっしゃると思っていました」

と、意味ありげに言った。

「どういうことだ」

九郎兵衛がきく。

「義理堅いお方だと聞いていますから」

「誰から聞いているのだ」

「松永さまが親しくしていた方々ですよ」

「俺をよく知る……」

韋駄天の半次、浮名の三津五郎、女掏摸の小春、そして神田小僧巳之助くらいしかいない。

神田小僧は本当に死んだのだろうか……。

訝しむように睨むが、「そんなこと、どうでもいいではありませんか」と権太夫はむっつりとした笑顔を浮かべている。

「気になる」

「気にすることはありません。松永さまにとって大切なのは、過去の人たちではなく、これから会う人たちなのですから。どうせ、その人たちとはもう関わることはありませんよ。いや、関わらない方がいい」

権太夫が柔らかい口調で忠告する。

「蓑田三郎について教えてくれ」

九郎兵衛はきいた。

「私もよくはわからないのですが、腕の立つと言われている浪人でした。蓑田さまを用心棒にと思ったのは、知り合いに紹介されたからです。そしたら、何と人殺しまでしていたとは……」

権太夫は呆れるように言う。

「蓑田は大川に身を投げたそうだが」

「ええ、逃れられないと思ったのでしょう」

「人殺しまでするような男らしくないな。身投げなんて」

「元々、気の弱い男だったのでしょう」

「それにしても、蓑田が酔った勢いで口にしたことから、ずいぶんあっさり事件の真相がわかったものだ。腑に落ちないことばかりだ」

「過ぎたことです。せっかく牢から出られたのですから前を向いていきましょう。で、これからどうなさるおつもりで？」

「暮らしのことか」

「ええ」

権太夫は頷いた。

九郎兵衛は腕を組んで考え込み、

「まだ決めていないが、今まで通りだ。口入屋から仕事をもらう。まあ用心棒ぐらいのものだが。あとは刀剣の目利きだろうな」

と、答えた。

「まさか、松永さまがそんなありふれたお仕事を」

権太夫は一蹴する。

「それ以外に、出来ることがない」

「いや、あなたさまなら何でも出来ましょう」

「……」

「失礼ながら、松永さまはもっと大きなことを成し遂げる方だと思っております」

権太夫はおだてるように言う。

九郎兵衛は睨みつけるように見てから、

「俺に何かさせたいのか」

と、窺（うかが）うようにきいた。

「ただ松永さまの暮らしを考えて」

「そんなはずなかろう。妙な駆け引きはいい。正直に言え」

「さすが、松永さま。話が早い。実は頼みたいこと、いや松永さまでなければ出来ないことをしていただきたいのです」

権太夫の声が急に低くなった。

「まさか、そのために牢から出してくれたのか」

「とんでもない。真の下手人が見つかり、無実の罪で牢に入っているのはあまりにも不憫に思ったまででございます」

権太夫はそこで区切り、茶を飲んだ。

喉仏がごくりと大きく動く。

「ただ、松永さまのことを調べさせて頂いたところ、とても面白い経歴でございましてな。私が長年求めていたような方だと思ったのです。その時に、何とも言えない縁を感じまして」

権太夫はおだててくるが、腹の内にはどす黒いものを秘めているのだと、すぐに感じた。

　さらに続けようとしたので、

「断る」

　九郎兵衛はきっぱりと言って、立ち上がろうと片膝を立てた。

「松永さま」

　権太夫の声が急に重たく、

「こんなことを言うのは野暮というものですが、せっかく牢から出してあげたのに、あんまりじゃございませんか」

　恫喝（どうかつ）するような顔つきになっていた。

「牢から出してあげた？　それはどういう意味だ？」

「真犯人を訴えたことですよ」

「そうとはとれなかった。やはり、俺の放免には何か裏があるな」

「それは考え過ぎです。でも私が訴え出なければ、松永さまはどうなっていたか」

「それは感謝しておる」

「感謝しているなら、行いで示してください」

「御免」

権太夫の声を無視して、九郎兵衛は立ち上がり、部屋を出た。権太夫は付いて来なかった。

廊下の途中で、店の若い衆に出くわした。

「松永さま、旦那さまがこちらを」

若い衆は金を手渡して来た。

「何だ、これは」

「今夜どこに泊まるのにも、お足がないだろうということで」

牢屋敷にいる間に、田原町の長屋は追い出されていた。大家は九郎兵衛が死罪になるものだと思い込んでいたようだ。

「どうして、この金をお前が？」

「きっと、怒って帰るだろうからと、旦那さまが仰いまして」

若い衆はそれだけ言うと、軽く頭を下げた。

権太夫は九郎兵衛が断ることも全て見越している。とんでもなく頭の切れる男だと恐ろしくなると共に、自分を牢から出したのも、やはり何か裏があるのだと感じた。

だが、金がないのは確かである。

不本意だが、貰うことにした。

「わかった。ありがたく頂戴する。旦那によしなに」

九郎兵衛は金を懐に入れて出口に向かった。

二

九郎兵衛は『鯰屋』を出たその足で浅草に向かい、駒形堂の近くの裏長屋へ急いだ。半次の暮らしていたところだ。

長屋木戸に、かつてあった「半次」という千社札はなくなっていた。その千社札は九郎兵衛が知り合いの職人に頼んで作ってもらったものだった。

やはり、半次はもういないのか。

念のために半次の住んでいた奥の家の前に行った。

腰高障子越しに、赤子の泣き声とそれをあやす女の高い声がする。

「すまぬ」

九郎兵衛は腰高障子を開けた。

部屋の中には若いおかみさんがいた。赤子に乳をやっていたが、九郎兵衛を見るなり、赤子を乳から離し、はだけた襟元を直した。

赤子はなぜか泣き止んだ。

「何でしょう?」

おかみさんが慌てたようにきく。

「すまない。ここに以前住んでいた半次のことをききたかったんだ」

「ああ、半次さんのことで」

「知っているのか」

「いえ、知りませんが、半次さんを訪ねて来た人はいましたから」

「誰だ」

「名前までは覚えていませんが、何人かいました」

そう聞いて、ふと九郎兵衛のかつての仲間であった神田小僧巳之助、浮名の三津五郎、女掏摸の小春の顔が浮かんだ。

特に、小春は半次とはいい仲になっていた。

「若い女も訪ねてきたか」

「ええ」

「小春と言っていなかったか」

「どうでしたか。そう言われてみれば、そんな気もするような……」

おかみさんは曖昧に答える。迷惑そうに、眉を顰（ひそ）めている。

「いつごろ半次が越したかわかるか」

「大家さんの話だと、ふた月前です。その人が出て行って、すぐに私たちがここにやって来たんです」

おかみさんは再び泣き出しそうな赤子を緩やかに揺らして、機嫌を取っていた。

赤子はそのうち、キャッキャッと嬉しそうな笑い声を出している。

「大家は確かとば口に住んでいるんだったな」

「……」

おかみさんは答えず、九郎兵衛の顔をじっと見つめる。

「何だ」

九郎兵衛は首を軽く傾げた。

「もしかして、あなたは松永九郎兵衛さまで？」

おかみさんの声がたどたどしい。

「ああ」

九郎兵衛は低い声で答えた。

「困ります。早くここから出て行ってください」

おかみさんは慌てたように言い、まるで庇うかのように赤子を強く抱きしめた。

「どうしてだ」

そう言った時、背後に人の気配を感じた。

振り返ると、六十過ぎの小太りの男だった。この長屋の大家だ。今まで挨拶程度で、あまり話をしたことはなかったが、半次が世話好きで人柄の好い人だとよく言っていた。

大家は九郎兵衛と目が合うなり、

「松永さま」

と、重たい声を出した。

「久しぶりだな」

「牢から出て来たのですね」

「今朝のことだ」

九郎兵衛は答えて、さらに続けようとしたが、

「半次さんがここを追われるようになったのも、あなたのせいだと聞いています。藤木屋さん殺しで捕まったばかりに」

と、大家は強い口調で言ってきた。

「濡れ衣だ。だから、こうやって出て来られたのではないか」

九郎兵衛は言い張ったが、大家は納得しないようだった。

「そもそも、半次のせいで俺が捕まる羽目になったんだ」

九郎兵衛はつい大きな声で言い返した。大家の後ろには長屋の住人が五、六人集まって来ていた。ひそひそと九郎兵衛の噂話をしている者もいる。

「ともかく、この長屋には立ち寄らないでください。半次さんは、もういませんから」

大家が語気を強めて言う。

どうして、ここまで嫌われているのか、状況が摑めなかった。まだ自分が下手人のような扱いではないか。

半次が何かを言ったのだろうか。だが、半次を知らないであろうおかみさんも、九郎兵衛のことを誰かしらから聞いたようだ。

「誰が俺の悪口をまき散らしているのだ」

九郎兵衛は問い詰めた。

「……」

大家は答えない。だが、恐がっているのか、拳をぎゅっと握り、体が小刻みに震えていた。

「おい」

思わず、大家の胸倉に手を遣った。

「何をする気ですか」

大家は腰が引けたようになりながらも、言い返した。

九郎兵衛は素早く手を離し、

「別に」

と、言い放った。

長屋の住人は九郎兵衛を冷たい目で見ている。それが不快でたまらなかった。

九郎兵衛は大家に肩をぶつけながら横をすり抜けた。

住人たちは少し後ろに下がる。

「松永さま、もしまたここに来るようなことがありましたら、串蔵親分に言い付けますから」

大家が注意を促してきた。

それには答えず、長屋木戸を出て行った。

背中に浴びる視線が屈辱的で耐え難かった。

(串蔵が俺のことを悪く言っている)

駒形町から並木を通り、雷門の前の広小路を左に曲がった。田原町へ向かい、そこの自身番に足を踏み入れる。

ふた月前の大雨の日に取り調べを受けたところだ。

以前と同じ白髪交じりの家主と、店番の兄弟がいた。

誰も九郎兵衛のことを思い出せないのか、

「何でしょう？」

と、家主が何食わぬ顔をして訊ねてきた。

「岡っ引きの串蔵に会いたいんだが、どこにいるかわかるか」

九郎兵衛はぶっきら棒に言った。

「親分でしたら黒船町(くろふねちょう)です」

「そうか」

「親分に何かご用ですか」

「ちょっとな」

九郎兵衛は詳しくは答えなかった。

「もし、お急ぎでなければ、あっしが伝えておきましょう」

兄弟のひとりが言った。

「いや、いい」

九郎兵衛は自身番を出た。

それから、三間町(さんげんちょう)を通り、駒形町に突き当たったところの大通りで右に折れ、蔵前(くらまえ)の方面に歩いた。御用地(ごようち)の手前が黒船町である。

そこの自身番に入り、串蔵の住まいをきいた。

「すぐ近くの『寺田屋』という居酒屋です」

店番が答える。

岡っ引きによくあるように、おかみさんに商いをさせているのだろう。教えられた通りに行くと、古風な二階建ての表店に『寺田屋』という崩し字の看板が掛かっていた。まだ暖簾は掛けられていない。

ふた月前の雨の日、藤木屋銀左衛門殺しの下手人だと決めつけた、あの憎々しい顔が浮かんでくる。

憎しみや屈辱などを超えて、どこか寂しい心境に秋風が流れ、ふと見上げる宵口の月がやけに白かった。

裏手に回り、勝手口から入った。まだ帰ってきていないだろうと思いつつも、串蔵の名前を呼ぶ。

出てきたのは、五十近くに見えるおかみさんだった。

「松永九郎兵衛という者だが」

「松永さま……」

おかみさんは繰り返し、

「そうですか。うちの人は生憎いないんです」

と、頭を下げる。

「いつ帰って来るんだ」

九郎兵衛はきいた。

「どうでしょう。忙しい人なので、いつ帰るか見当もつきませんで」

おかみさんが首を傾げた。

「朝早くならいるな」

「いえ、今遠出しています」

「遠出？　江戸を離れているのか」

「さあ、それもわかりません」

「いつ出かけたのだ？」

「三日前です」

「一体、何をやっているんだ」

「さあ」

「妾(めかけ)でもいるんじゃないのか」

九郎兵衛は脅すように言う。

「そこまで面倒見が良いわけではないでしょうから、妾なんているはずはないと思っていますが……。まあ、主人は留守でも稼いでくれていますから」

おかみさんは全く動じなかった。

「困ったな」

九郎兵衛はそう呟くと、おかみさんを改めて見た。

串蔵を庇おうとしているわけでもなさそうだ。

「また後日来る」

九郎兵衛はそう言い残して、『寺田屋』を去った。

三

たった少しの間に、空は暗くなっていた。

九郎兵衛は蔵前の通りを左右に見て、どちらに行くか迷っていた。

どうせ、俺の行く場所はない。鱠屋から貰った金があるので今日、明日はしのげるかもしれないが、その後はどうする。

ふた月前、神田小僧は命を落としたと串蔵が言っていた。その後、牢の中でもそんな噂話を聞いた。世の中に神田小僧の正体が知られていないだけあって、どんな男だったのか、囚人たちは気になっていたようだ。

本当に神田小僧は死んだのか。

今さら確かめても仕方ないが、やはり気になる。本当に死んだのか、この目で確かめない限り、自分を納得させることは出来そうもなかった。それより、これからの暮らしのことを考えなければならない。まずは、今夜の塒（ねぐら）を見つけることが先だ。

だが、神田小僧のことも気になる。以前であれば、こんなことで悩まなかったが、心が定まらなかった。

迷った末に、そう遠くもないので、巳之助の暮らしていた長屋に足を向けて歩き出した。

黒船町から南に向かって進む。蔵前を通り、浅草御門橋（あさくさごもんばし）を渡る。横山町（よこやまちょう）、通塩（とおりしお）

町(ちょう)を通り、浜町河岸(はまちょうがし)に沿って久松町(ひさまつちょう)へ行く。

途中、これから呑みに行くような陽気な人たちが通り過ぎた。今の九郎兵衛には、そんな者たちの日常でさえ羨ましく思えた。

巳之助の住んでいた長屋へ行く。

これといって、おんぼろの場所ではないが、あくどい者たちから大金を盗んでいた大泥棒の住まいにしては粗末である。私利私欲のために、盗みを働いていたのではない。巳之助なりの信念があり、九郎兵衛と組んで動くときも、金のためには動かない男であった。

半次、三津五郎、小春など仲間はいたが、何だかんだ信頼出来るのは巳之助だけであった。

そんなことを思いながら、巳之助の住んでいた家の前に立つが、灯りは点(とも)っていなかった。腰高障子に手をかけて、引いてみたが開かない。

その隣の家からは楽しそうな笑い声が聞こえてくる。

たしか、隣は若夫婦だったはずだ。

九郎兵衛はその家の腰高障子を開けた。中では見覚えのある夫婦が酒を呑んでい

た。少し驚いたように九郎兵衛を見て、

「どこかでお会いしたことがありましたっけ」

と、男の方がきいた。

「巳之助の知り合いだ」

九郎兵衛は答える。

「ああ、巳之助さんの……」

男は急に静かな声になった。女も俯いた。

「巳之助は？」

九郎兵衛はきいた。

「知らないんですか。巳之助さんは……」

男が答えようとするが、

「お前さん」

女が注意した。

「隠す訳にはいかないだろうによ」

「でも、親分が言っちゃいけないって」

「親分はそう言うけど……」

男は困ったように、九郎兵衛を見た。

「一体、あいつに何があったんだ」

九郎兵衛はつい急かすようにきいた。

少し沈黙があってから、

「死んだんです」

男が答えた。

「死んだ。何で死んだんだ。病気ではないだろう」

九郎兵衛は知らない振りをしてきいた。

「……」

「どうしたんだ？」

「それが」

男は言いよどんだ。

「自ら命を落としたのか」

九郎兵衛は口にした。

「……」

ふたりは顔を見合わせて口ごもっていたが、九郎兵衛の問いに答えようとしない。

自身番での話は本当なのか。

「教えてくれ」

九郎兵衛は真剣な目で見つめた。

男は咳払いをしてから、

「実は私も詳しいことは知らないんです。でも、巳之助さんは何か悪いことに関係していて、その落とし前をつけるのに、自ら命を絶ったと聞いています」

と、沈んだ声で言った。

「そうか」

九郎兵衛は心の中で巳之助に合掌をしてから、

「巳之助のことを、誰かから口止めされているのか」

と、問い詰めた。

「いえ、口止めではないですが、岡っ引きの親分から注意を受けています」

「岡っ引きの親分というと？　この辺りだと、駒三(こまぞう)か」

「いえ、串蔵親分です」

「串蔵……」

またその名だ。思わず、ため息を吐いた。

「親分が何か？」

今度は男が、気になるようにきいてくる。

「いや、ちょっとな」

九郎兵衛は答えなかった。

「巳之助の部屋はどうなっているのだ？　ずっと空き部屋か」

「巳之助さんは半年分も家賃を払っていたそうです。だから、大家さんに頼んで、家賃が切れるまで部屋をそのままにしておいて欲しいとお願いしたんです」

「ひょっとして、お前さんたちは巳之助は生きていると思っているのでは？」

九郎兵衛は確かめた。

「死体が見つかっていないんです。だから、どうしても死んだとは思えなくて」

「そうか。俺もそうだ」

「大川に飛び込んだので死体は海に流されたと、親分さんは言ってましたが」

「うむ」

「でも、生きていたら、どうしてふた月も音沙汰がないのか」

男は沈んだ声で言った。

確かにそうだ。生きているなら何らかの音信があるのではないか。それとも、江戸を離れて逃亡しているのか。半次の行方もわからない。どちらも、串蔵が関わっている。嫌な予感がした。三津五郎と小春は無事だろうか。

半次もどこかで死んでいるのではないかという思いもあった。

ともかく、三津五郎はどうなんだろうと、黒門町へ向かって歩き出した。

商家が軒を連ねる日本橋の町々を抜け、筋違橋から御成街道を寛永寺の方に真っすぐに向かう。

道ですれ違う者たちは皆陽気そうであった。

しかし、何度もすれ違う男がいた。鼠色の着物を被た、商人にしては肩幅があって、しっかりと引き締まった体の三十前後の者だ。

後ろから尾けてくるわけではなく、必ず正面からすれ違う。

だが、今まで一日に何度も同じ者と出くわすことはなかった。それも見ず知らずの者で、その顔を覚えているというのが引っ掛かった。

（俺のことを見張っているのか）

九郎兵衛は歩きながら疑心暗鬼になった。

少し歩く度に、立ち止まり、辺りを見渡す。さすがに大きな街道筋なので、夜というのに道行く者の数も多い。食事処や呑み屋などに、眩(まばゆ)いほどの灯りが点っていた。

だが、どこからか俺のことを見ている気配がする。

しばらく牢に入っていたから、研ぎ澄まされた感覚が鈍ったのかもしれない。以前であれば、すぐにどこからの視線なのか察知出来た。

それとも、相手が余程尾行するのがうまいのだろうか。

いずれにせよ、好い心地はしない。

誰が尾行などするのか。

考えられるのは……。

九郎兵衛は頭の中の考えを振り払うように、足を速めた。

黒門町に辿り着く頃になると、人通りも少なくなっていた。周囲を見渡しても、鼠色の着物の男はいない。

だが、未だに強い視線を感じていた。

その時、目の前からずんぐりむっくりとしたいかつい顔の男が近づいてきて、

「松永さま」

と、声を掛けてきた。

岡っ引きの駒三である。どんなことでもまず疑ってかかることから、嚙みつき亀という渾名でも知られている男だ。

以前の九郎兵衛にしてみれば、厄介な岡っ引きであった。

「牢を出たと聞きましたが、こんなところで何を？」

駒三は訝しむように九郎兵衛を睨む。

「大したことではない」

九郎兵衛は適当に流そうとするが、

「浮名の三津五郎をお捜しなら無駄ですぜ」

「何？」

「あいつはもう江戸にはいません」

「江戸にいない？　どういうことだ」

「……」

駒三は鋭い目つきで、九郎兵衛の顔をじっと見つめる。

九郎兵衛は耐え切れず、

「確かに、あいつを訪ねて来たが、何も悪だくみしようというわけではない」

「本当に知らないんで？」

「ああ」

九郎兵衛は頷いた。

「まあ、牢にいたのであればわからないのも無理はありませんねえ」

駒三は語尾を伸ばして言い、

「松永さまが捕まってからひと月もしないうちに、商家の旦那から金を奪って、江戸を離れたそうです」

「なぜそんなことを……」

九郎兵衛は呟いた。

「あっしもその件は関わっていないんで、よく知りませんが」

「誰が関わっているのだ」

「黒船町の串蔵ですよ」

駒三はどこか吐き捨てるように言った。

「またも、串蔵か……」

九郎兵衛が舌打ちをする。

「そういえば、松永さまを捕まえたのも串蔵親分でしたね」

「あいつのせいで、あらぬ疑いを掛けられて、ふた月という月日を失ったのだ」

つい、怒りが滲み出た。この間に色々なことが起きている。

「串蔵はそういう奴です」

駒三はぽろっと言った。

「そういう奴だとは？」

「裏があるってことです。ともかく、串蔵には気を付けた方がいいですぜ」

「わかっておる」

「いえ、あいつの恐ろしさを知ったら、そんな生半可な返事は出来ないはずです。

過去にも、串蔵が捕まえた下手人が無罪だったことが三件ありまして。いずれも、下手人とされていた者は娑婆で非業の死を遂げました」

駒三は重たく言う。

「串蔵が殺したのか」

「そんなことをしたら、彼自身がお縄になりますよ」

「誰かにやらせたとも考えられる」

「そこまではわかりませんが……」

駒三はもっと何かを知っていそうだ。

「詳しく教えてくれ」

九郎兵衛が小声できく。

「いえ、あまり言うことは出来ません」

「どうしてだ」

「……」

「串蔵以外にも、関わる者がいるからか」

「いえ、あっしの立場もありますから」

駒三は珍しく、曖昧な返事をした。

「同心の関はどうなんだ？」

「あまり、詮索しない方が」

駒三は忠告するように言ってから、

「ともかく、松永さまもお気を付けくださいい」

と言い、去っていった。

三津五郎がいないのでは、ここに来た意味がない。もうかつての仲間たちとは会うことが出来ないのか。

九郎兵衛は黒門町の近くで木賃宿を探すと、それほど離れていない場所に手頃な値段で泊まれそうな宿があった。古びて、小さな建物だ。


翌日の朝、早くに起きて近所の口入屋に顔を出した。

土間に入るなり、何人かの若い者たちが待っていた。

やがて、九郎兵衛の番になり、番頭風の男が応対した。

「ご浪人でございますな」

「いかにも」

「それで、どのようなお仕事をお探しでしょうか」

「剣の腕には自信がある。用心棒でもいい。道場の師範でも、俺の腕を生かせるところを紹介してもらいたい」

「それでしたら、ぴったりのところがございます。日本橋駿河町にある『出雲屋（いずもや）』という両替商です。こちらに以前押し込みが入ったということもあり、用心棒を探しているようです。よろしければ、行ってみてはいかがですか」

番頭風の男は弾むような声で言った。

「うむ、なかなか良さそうだ」

「すぐにでも働いてもらいたいとのことでしたので、さっそく行ってみてくださいまし」

「かたじけない」

「失礼ですが、お名前をお伺いしてもよろしいですか」

「松永九郎兵衛と申す」

九郎兵衛が答えると、番頭風の男の顔が一瞬にして曇った。

「どうしたのだ」

九郎兵衛は不安になり、きいた。

「いえ、少々お待ちください」

番頭風の男は一度奥に下がって行った。

そして、すぐに中年の男と一緒に戻って来た。

「私はここの主人でございます。申し訳ございませんが……」

主人は間をおいて、

「今の話はなかったことに」

「どういうことだ？」

「実はすでに用心棒は決まってまして」

「そんなはずはない。決まっていないから……」

九郎兵衛ははっとした。名を聞いてから、番頭風の男の態度が変わったのだ。

「松永九郎兵衛には仕事を与えられないというのか」

「上の方からの言い付けでして。これればかりは、手前どもでどうこう出来るお話ではございません」

主人は言い訳のように言う。

「そうか。ひとつきくが」

九郎兵衛はひと呼吸おいてから、

「串蔵が絡んでいるのか」

と、確かめた。

ふたりとも口を結び、曖昧に首を動かした。

「もういい」

九郎兵衛は反論せずに、口入屋を出た。

東の空には重たい入道雲がかかっていて、何とも言えないやるせなさを覚えた。

そして、途方に暮れた。

しばらく当てもなく歩いていると、筋違橋の辺りで、か弱そうな体の商家の若旦那風の男とすれ違った。上物の絣(かすり)の着物を被ている。だが、九郎兵衛は懐の膨らみを見逃さなかった。少なくとも五十両は入っているようだ。

しばらく通り過ぎてから風体の悪そうな三人の男たちともすれ違った。

どことなく、獲物を狙うような目つきをしていた。

そのうちのひとりの顔を見て、はっとした。

昨日、何度もすれ違った鼠色の着物の男だ。今日も同じ装いだ。この中で、兄貴分のように見えた。

三人は若旦那風の男の後ろを歩いている。

九郎兵衛は気づかれないように男たちを尾けた。男たちは後ろを気にすることはない。

若旦那風の男が筋違橋を渡ると、派手で下品な身なりをした素人の太鼓持ち、俗にいう野太鼓が近づいてきた。

九郎兵衛は柳の陰に隠れ、聞き耳を立てた。遠く離れたところからでも、音や声を聞き取れるので、地獄耳と言われることもある。

男たちは急に立ち止まると怪しまれると思ったのか、兄貴分が立ち止まって空を眺める。ふたりは若旦那風の男を追い越して行った。

野太鼓は若旦那風の男をひとまず褒めてから、

「これから、ぱっと遊びに行きませんか」

「いや、そんな気分じゃないんだよ」

「そんな気分でないというと？　若旦那、何があったんです」

「まあ、いいじゃないか」

「いいえ、よくございません。若旦那に元気がないと、あっしも気が病んでしまいそうで」

「全く、大袈裟な奴だ」

若旦那風の男は軽く笑い、

「今日は本当に駄目なんだ」

「どうしてです？　懐にはたんまりと入っていそうですけど」

「よくわかったな」

「そりゃあ、わかりますよ。用心棒もなしに、大金を持って歩いていたらいけませんよ」

「これは、神田紺屋町（こんやちょう）の『伊勢屋（いせや）』にお届けするだけなんだ」

「お届け？　店の若い衆を遣ればいいじゃありませんか」

「まあ、それもそうなんだが……」

若旦那風の男は口ごもった。

すぐに、野太鼓は合点したように自身の太腿を叩き、

「そうか、あそこの娘さんに会うのが本当の狙いなんでしょう」

「……」

若旦那風の男は照れ臭そうにはにかむ。

「それなら、そうと言えばよろしいのに。わかりやした。あっしが手引きしましょう」

野太鼓が意気込む。

「お前に任せると厄介なことになりかねない。気持ちだけ受け取っておくよ」

若旦那風の男は意に介さず、野太鼓を追い払った。

野太鼓は不満そうな表情を浮かべていたが、すぐに開き直って、次の相手を探しているようであった。

それから、若旦那風の男は柳原（やなぎわら）の土手を悠長に歩く。夜になると、追い剝ぎや夜鷹が出没する場所である。

若旦那風の男の前にはふたりの男がゆっくりと歩いている。

しばらく歩いてから土手を下りて、木々の生い茂る柳原稲荷に近づいた。

昼間だが、人通りはない。

兄貴分は若旦那風の男との間を詰めた。

どこからか烏（からす）が三声ばかり不気味に鳴くのが聞こえた。

若旦那は立ち止まり、振り返る。

目と目が合ったようだ。

「何でしょう？」

若旦那は何の疑う様子もなく、兄貴分に向かって純朴そうにきいてくる。九郎兵衛はすぐに向かっていけるように腰の愛刀三日月に手を遣った。

若旦那の前を歩いていたふたりが振り返り、引き返してきた。

「お前さんに恨みはないが」

兄貴分はさらに数歩近づき、いきなり匕首（あいくち）を抜いて若旦那風の男の首元に突き付ける。

若旦那風の男の喉が大きく動く。

「金を寄越すんだ」

「待て」

九郎兵衛は駆け寄った。

男たちは一斉に振り返る。

「何をしているのだ？」

「誰だ、お前は？」

兄貴分がにやつきながらきいた。その時、どこからか新たなふたりの男が現れた。ふたりは長どすを何本も手にしている。若旦那風の男を囲んでいた三人はそのふたりから長どすを受け取った。若旦那風の男はその隙に逃げて行った。

五人が九郎兵衛の前に立ちはだかる。

「掛かったな」

兄貴分が小さな声で言う。

「掛かっただと？　そうか、お前たちは俺をここに誘き出すためにあんな芝居をしたのか」

九郎兵衛は呆れたように言う。

「簡単に引っ掛かるとは思わなかったぜ」

兄貴分がおかしそうに笑った時、右端にいた男が長どすを振りかざして向かってきた。

九郎兵衛はさっと、体を躱(かわ)し、峰打ちで相手の胴を打つ。その男はその場にうずくまった。

間を開けず、他のふたりが左右から口々に何か喚(わめ)きながら迫ってきた。

まともな刀の構えではなく、喧嘩殺法だ。

相手の刀の動きがゆっくりと見える。まずは左から来た男の刀を避(よ)けてから、肩を峰打ちした。すかさず、右の男の太腿を切っ先で裂いた。

ふたりともその場に倒れ込む。

休む間もなく、もうひとりが斬り込んできたが、九郎兵衛は弾き返して、首筋を峰打ちした。

残りは兄貴分ひとりだ。

「口ほどにもないな」

九郎兵衛が鼻で笑う。

「俺は違うぜ」

兄貴分は冷笑を浮かべ、刀を下段に構えた。

「なるほど。確かに他の連中とは違う」

九郎兵衛は言い、

「それほど自信があるなら名乗ることも出来よう。名は？」

「吉次郎だ」

「吉次郎か。なぜ俺を狙う？」

「お前の知ったことじゃねえ」

吉次郎は刀を下から振り上げるように向かってきた。

九郎兵衛は刀の鎬で受け止め、力で押し返す。吉次郎は後ろに飛びのいた。

が、すぐに吉次郎は振りかぶってきた。相手の刀を弾く。だが、続けて、吉次郎は振り上げ、次の一撃を凄まじい勢いで繰り出した。

九郎兵衛はかろうじて避けた。

刀がわずかに肩を掠めて流れた。

他が弱かったので油断していたが、思ったよりも手強い。

九郎兵衛は刀を体の中心からやや右寄りに構え、相手の出方を窺った。

「ただの浪人ではなさそうだな」

吉次郎が吐き捨てるように言った。

「俺の素性を知っての狼藉だろう」

「……」

「昨日から尾けていたな」

「……」

吉次郎は答えなかった。

(自分を知らないで尾けていたとなれば、誰かから頼まれたのだ。一体、誰がそんなことを……)

互いに構え合ったままだ。早く終わらせなければ、この者たちの仲間が駆けつけてくるかもしれない。

焦った九郎兵衛がじりじりと間を詰めながら隙を探す。

刀を握る相手の手から力が少し抜けたと思った時、大きく踏み込んで横一文字に斬りつけた。

吉次郎は腹を押さえながら、前のめりに倒れる。

だが急所を外したから、命は助かるだろう。人殺しになれば、今度はどうなるかわからない。

九郎兵衛は倒れている男たちを横目に、早足で去って行った。

その夜も、同じ宿に泊まることにした。部屋で、着物の袖が切れているのに気づいた。

四

翌朝、まだ目が覚めたばかりという時に、宿屋の主人がやって来て、

「あの、松永さまにお客さまです」

と、言った。

「客？」

九郎兵衛は間違いだろうと思い、きき返した。

「鯰屋権太夫さまというお方で」

「鯰屋……」

九郎兵衛は舌打ち混じりに答える。

「どうしましょうか」

主人がきく。

「引き取ってもらってくれ」

「でも、大事な話があるということで」

「ともかく、今はまだ寝ているからとか言って」

言い合っていると、階段を上る足音がして、廊下から権太夫がひょっこりと現れた。

「これはこれは、松永さま」

権太夫はわざとらしく言う。

「何の用だ」

九郎兵衛は顔を少し背ける。

「こちらにお泊まりになっていると聞きまして、ご挨拶に」

「そこまでする必要はない。それより、ここに泊まっていることを誰から聞いた」

「そんなちっぽけなことはどうでもいいではありませんか」

権太夫は適当に流し、

「ところで、何か仕事は見つかりましたか」

と、顔を覗き込むようにしてきいてきた。

「……」

九郎兵衛は答えられなかった。

「その様子だと、まだ見つかっていないのでしょう。もしよろしければ、私のところで」

権太夫は飄々としている。

「何を企んでいるか知らぬが」

九郎兵衛が続けようとしたところ、

「今はどんなことでも仕事があるだけありがたいと思いませんか」

権太夫がどこか見下すように被せてきた。

「雇ってくれるところはどこにでもある」

九郎兵衛は強がりを言ったが、

「昨日、口入屋で断られましたでしょう?」

「どうしてそのことを……」

「私の耳には何でも入ってきます」

権太夫は平然と言い、

「他を当たっても同じことです。なにせ、松永さまのことを雇ってはいけないというお触書のようなものが出ていますから」

と、含み笑いをした。

「やはりな」

串蔵の仕業か、と思った。

「ですので、うちで働く方が松永さまの為にも良いことだと思いますよ」

「……」

「松永さまの腕をもってすれば、恐れるに足りません。なにせ、あの男たちをやっつけたくらいですから」

「まさか、お前さんが？」

「あいつらは、ちょっとは名の知れた渡世人です。世間では人斬りと渾名されるくらいで。それをいとも簡単に倒すというのは、私も驚きました」

九郎兵衛はそう聞いて、はっとした。

「俺を試すために襲わせたのか」

「……」

権太夫は、にんまりと笑う。

「そんなことなら、断らせてもらう」

九郎兵衛ははっきり言った。

「よろしいんですか。もし、このまま逃げれば、五人を殺したのは松永さまということになりますよ」

「死ぬ程の怪我ではないはずだ」

「いえ、死にました」

権太夫はあっさりと言う。

「死んだ？」

「ええ、死んでいます」

「そんなばかな」

「お疑いでしたら、確かめてみたらいかがです？」

権太夫の顔は自信に満ちている。

九郎兵衛は止（とど）めを刺したわけではないし、あの程度で死ぬはずはない。権太夫は

見え透いた嘘で、俺を脅そうとしているのだ。そんな手に乗るものかと九郎兵衛は内心で嘲笑し、

「死体は？」

と、試しにきいた。

「今頃、岡っ引きの親分が調べているのではないですか」

権太夫はどこか含みのあるような目をして言う。

「まさか、お前があの五人を殺したのか」

九郎兵衛がきいた。

「そんな物騒なことは致しません。私はただの商人ですので……」

煙草盆を引き寄せ、権太夫は煙草入れから煙管を取り出し、刻みを詰めた。

「誰かにやらせたのではないか」

「私は知りません」

煙草に火をつけ、煙を吐きながら言う。

「じゃあ、誰だというのだ」

「ですから、松永さまが殺したのです」

権太夫は突き刺すような目を向けて言い、

「もう逃げられませんよ」

権太夫は煙を吹きかけてきた。

「全て俺をはめるための罠だったのか」

九郎兵衛が怒りを滲ませてきく。

「いえいえ、そんなことをするはずがございません」

権太夫は大袈裟な手振りで否定する。

「ともかく、松永さまには私の下で働く以外に残された道はございません。働いて頂けるなら、決して暮らしに不自由はさせません」

「もし、断れば？」

九郎兵衛は相手を睨みつけてきく。

「再びお縄にかかるでしょうな。今度は死罪になること間違いないでしょう」

権太夫がはっきりと言う。

余裕のある表情で、下手に出ているように見えながら、どこか太々しい。はったりではなさそうだ。

どこの口入屋に行っても仕事を紹介してもらえないというのも本当だろう。

串蔵でなく、権太夫がそのように仕組んだとしてもおかしくない。

一体、この男は何者なのだ。

疑いばかりが増えていく。

「松永さま、どうされますか」

権太夫がじりじりと決断を迫る。

ここで断れば、また面倒なことになる。この男の言うように命に関わるかもしれない。命あってのことだ。

「仕方ない」

九郎兵衛は小さく頷いた。

「良いご決断でございます。ま、うちに行きましょう。ここに駕籠を呼んでありますから」

「手回しがいいな。俺が断れないと見越していたか」

「そんなことはありませんよ」

権太夫は安心したように立ち上がり、部屋を出て行った。

九郎兵衛は少ない荷物を風呂敷に包み、一階に下りた。

帳場に向かうと、

「もうお代は頂いておりますので」

主人に告げられ、外に出た。

権太夫の言った通り、駕籠が待っていた。九郎兵衛が乗り込むと、前の駕籠に続いて動き始めた。

普段は歩くばかりなので、駕籠には滅多に乗ることがない。ましてや、ふた月も牢に入っていた。駕籠から眺める景色は、いつもと違った。今までの自分が段々と遠ざかるような気がしてきた。

（もう戻れない）

これからどうなるのか、不安であった。しかし、どの道を通ってもいばらの道なのだ。それならば、権太夫という男のやり方は気に入らないが、目の前にある道を進むしかない、と自身に言い聞かせた。

やがて、駕籠は芝神明町の『鯰屋』の前で止まった。

九郎兵衛が降りると、すぐ近くに権太夫が立って、腕を店の入り口の方に伸ばして、「さ、さ、入ってください」と促した。

ふたりは土間に足を踏み入れると、上がることなく、土間の横を通り、奥に進んだ。突き当たりには引き戸があり、そこから庭に出た。

よくある裏長屋よりもふた回りくらい大きな敷地の庭である。庭の奥には鯉が何十匹と泳いでいる池があり、その周りに大きく曲がりくねった柳の木が所々に生えている。

「将軍家御庭師に造ってもらったものです」

権太夫は得意げに言う。それから、池をぐるりと回った先にある藁葺き屋根の茶室に通された。

にじり口の脇には、刀掛けが備えられている。

「そちらに」

権太夫は九郎兵衛に命じた。

一瞬躊躇いながらも、愛刀の三日月を腰から抜いて、刀掛けにゆっくりと置いた。

それを見届けてから、権太夫が体を屈めて茶室に入る。九郎兵衛も続いた。

中は二畳しかないごく小さな空間で、土色の床の間が目に入った。壁の上部には天窓があり、わずかな光が差し込む。

どこか牢獄を思わせるようであった。

なぜ、茶室に通したのだろうか。やはり、人に聞かれてはいけない話をするからだろうか。

様々な思いを巡らせながら茶室を見回していると、権太夫は袱紗を捌き、釜からひしゃくで湯を汲み、黒い茶碗に注いで、それを流した。抹茶を点て始めたのを眺め、九郎兵衛は権太夫のことを考えた。

権太夫は無実の罪を負った九郎兵衛を助けてくれた恩人だろうか。そもそも、藤木屋殺しで九郎兵衛に疑いがかかったのも権太夫が仕組んだことではないのか。岡っ引きの串蔵も権太夫の命令で動いているのではないか。

「さあ、どうぞ」

権太夫が茶碗を九郎兵衛の前に置いた。

「どうして、こんな茶室なんかで」

九郎兵衛は茶碗に手を付けなかった。

「まずは茶を飲んでから。落ち着いて話しましょう」

権太夫は窘めるように言う。

九郎兵衛は仕方なく、茶碗を片手で膝の前に引き寄せ、改めて茶碗を手にし、二回廻して茶碗の正面を避けて飲んだ。

（うまい）

口には出さなかったが、湯の加減や、苦味など、今までに味わったことのない美味しさだった。

「気に入って頂けたようで」

権太夫は、ほくそ笑む。

九郎兵衛は数口で飲み終えると、口を付けたところを指で拭い、茶碗を返した。

「茶の嗜みはあるようですな」

権太夫が目を細めてきく。

「仕官していた時にな」

九郎兵衛は答える。

「松永さまはどうして丸亀藩を追われたのですか」

権太夫が単刀直入にきいてくる。

やはり、そこまで知っているのだ。

「答えたくはない」

九郎兵衛は冷たく言い返した。

「そうでしょうな。まさか、国表で殺しをしたとは言えませんからな」

権太夫は、まるで全てのことを知っていると言わんばかりに、見下すような表情を向けてきた。

否定するわけにもいかず、何とも気まずい空気が流れた。

権太夫はそれを楽しむように、ほくそ笑みながら、もう一度茶を点て始めた。

「それより、ここではどんな仕事をすればいいのだ」

九郎兵衛は苛立ちを抑えながら言った。

「実はうちで働くとお伝えしましたが、ここで何かやって欲しいわけではございません」

「では、どこで」

「こちらです」

権太夫は懐から切絵図を取り出した。左上には、『麴町永田町外櫻田繪圖』と書かれている。場所が場所だけに、大名屋敷が並んでいる。権太夫は外桜田御門と新シ橋の間の辺りを指した。指の先には水野出羽守という文字に、水野沢瀉の家紋が印されている。

「沼津水野家の上屋敷ではないか」

九郎兵衛は顔をしかめて言った。

「左様にございます。こちらでしばらくの間、働いて頂きたいのです」

「奉公しろというのか？　俺が今さら……」

「こちらでは今、剣術指南役を探しております」

「俺はどこの流派でもない。目もくれないだろう」

「いえ、だからこそ、好都合なのです」

「好都合だと？」

「適当な流派を作ってしまうのです。江戸に道場があるとなれば見抜かれてしまいますが、どこかの田舎でやっていたことにすれば、誰も気づきようがありません」

「調べられたら終わりではないか」

「そこは私がうまくやりますので。そうですな、それらしい名前……。天狗流はいかがですかな」

「天狗流……。どうも気取った名だが」

九郎兵衛は苦笑する。

「それくらいがいいんでございますよ。どうせ、わかるはずがございませんから」

権太夫は不敵な笑みを浮かべる。

「だが、お主がうまくやると言っても本当にそれで通用するのか」

「ええ、容易(たやす)いことです」

「どうやるんだ」

「まあ、任せてください」

権太夫は詳しくは教えてくれない。しかし、九郎兵衛を牢から出してくれたり、江戸市中の口入屋に雇わないように言い付けたりと、どういう訳か裏で根回しをしてきている。さらにいえば、九郎兵衛を罠にはめたのは権太夫かもしれない。いずれにしろ、権太夫は底知れぬ闇の力を持っているような気がする。

「万が一、そんな流派がないと気づかれたところで、松永さまの腕前は誰もが認めるはず。なので、解任されることもないでしょう」

「そんなにうまくいくものか」

九郎兵衛は疑うように言う。だが、権太夫は余裕のある笑顔を見せ続ける。そのことにいらっとして、

「そもそも、沼津水野家の方で俺を召し抱えるとも限らぬ」

と、九郎兵衛は口を歪めた。

「いえ、それもご心配なく」

「どうしてだ」

「こんな料理茶屋の主人ですが、これでも色々とコネや伝手（つて）がございます。指南役をしている間は少なくとも百石ほどの待遇で、うまくいけば三百石くらいの実入りにはなりましょう」

権太夫は言い切った。

九郎兵衛は権太夫を改めて見つめて、

「しかし、俺をそこの剣術指南役にして、どうしたいというのだ」

と、率直にきいた。

「それは、追い追いお話しいたします」

「今は話せぬというのか」

「ええ」

「どうも解せぬな」

九郎兵衛は首を捻った。

しかし、権太夫に気にする様子はなかった。さっきよりも長くかけて点てたお茶をもう一杯出してきた。

この茶を飲むかどうかに、この仕事を受けるかどうかが懸かっている気がした。

「俺の出自がバレることはないのだろうな」

九郎兵衛は茶碗に手を伸ばす前に確かめた。丸亀藩の出ということは隠したい。

「ええ、ご心配なく。もちろん小伝馬町の牢屋敷にいたなどとはおくびにも出しません」

権太夫は皮肉そうな笑みを浮かべた。

「そうか」

九郎兵衛は茶碗を掴んで、一気に飲み干した。

権太夫は満足そうに九郎兵衛の顔を見ている。

「何だ」

九郎兵衛は不快になってきいた。

「いえ、松永さまなら受けてくださると思いました」

「お前がそうさせたのではないか」

「ふふふ」

権太夫はほくそ笑んでから、

「では、まず手付金と言っては何ですが」

と、懐から厚みのある袱紗を取り出して、目の前に置いた。

ざっと十両はありそうだ。

「これを何かのお役に立ててください」

九郎兵衛は礼を述べることなく、懐に仕舞った。

それさえも、権太夫は何を考えているのかわからないむっつりした顔で見ている。

いちいち、「何だ」ときくのも億劫（おっくう）になる。

「では、さっそく沼津水野家の上屋敷へ向かってください。門番に、『鯰屋』から来たのだが、ご家老の牧野左衛門さまにお取り次ぎをと言えば通じます」

権太夫が指示した。

「もう一度きくが、俺は剣術指南役なのだな」

九郎兵衛は確かめた。

「そうです」

「本当にそれだけだな」

「何を気になさっているのですか」

「俺に何か他のことをさせようとしているのではないかと」

「仮にそうだとしても、松永さまは深く考えずに。何かあれば、私がその都度指示を致しますので、それに従えば良い暮らしが出来ますよ。さ、早く向かってください」

権太夫は急かした。

九郎兵衛は茶室を出ると、言われた通りに沼津水野家上屋敷へ歩いて向かった。

日向は暑いが、日陰に入ると秋を感じさせる風が吹く。

外桜田の大名屋敷が並ぶ地域を歩いていると、つい自分の知り合いに出くわすのではないかと不安になった。

通りゆく者たちは九郎兵衛に目もくれない。

だが、どこかで自分を見ている者がいるのではないかという疑念が脳裏から離れなかった。

やがて、沼津水野家上屋敷へ到着する。五万石の大名だ。屋根付きの長屋門に近づく。

体格のいい門番に声を掛ける。

「鯰屋から話を聞いて来たのだが、ご家老の牧野左衛門さまにお目通りしたい」

「しばしお待ちを」

門番は別の若い門番に声を掛けた。

若い門番は御殿の方に向かった。しばらくして若い侍がやって来て、

「こちらに」

と、案内した。

若い侍は御殿の方には向かわず、広大な庭の一角にある屋敷に向かった。

「ご家老さまのお屋敷です」

若い侍はそう言い、家老屋敷の玄関に入った。

式台に上がり、九郎兵衛は出てきた別の侍に刀を預け、案内の若い侍の後に従い、ある部屋の前で立ち止まった。

若い侍は廊下に腰を落とし、

「松永さまをお連れ致しました」

と、襖越しに声を掛けた。

「ご苦労。すぐ行く」

廊下で、九郎兵衛も腰を落として待っていると、襖が開き、五十過ぎの痩せて背の高い目がぎょろっとした男が出て来た。

九郎兵衛の前に立ち、

「松永殿でござるな」

男はわかり切ったように言う。

「左様にございます」

「江戸家老の牧野左衛門だ。鯰屋からお主のことは聞いておる。向こうで詳しい話を致そう」

　牧野は堅苦しい口調と表情で言い、廊下の奥に向かった。

　九郎兵衛は牧野の後に続いた。牧野の歩き方がどこか威厳を見せびらかすようで、この男とは合わなそうだと感じた。

　庭に面した廊下を歩いていると、剣術の稽古をしているのか、どこからか勇ましい声が聞こえてきた。

「うちには気迫に溢れる者たちが大勢おる。どこの藩と比べても、腕は劣らないどころか、うちが一番であろう」

　牧野は表情を変えずに言った。

　廊下を曲がったところにある部屋に入った。窓や障子があるのに、暗いのは庭の木々が影をつくっている場所に位置するからであろう。

　九郎兵衛は家老の牧野と差し向かいになった。

「松永殿は剣術の腕には自信があるのか」

　牧野が口を開いた。

「あります」

「流派は？」

「天狗流にございます」

九郎兵衛は答える時に一瞬躊躇った。

「天狗流？」

牧野が首を微かに傾げて、きき返す。

九郎兵衛は黙って頷いた。

「では、剣捌きを見せてもらいたい」

牧野が言った。

「わかりました」

九郎兵衛が答えると、牧野は立ち上がり、裏庭に面した障子を開ける。

「何もないが、敵がいると思って剣捌きをしてくれ」

牧野が命じる。

預けてあった刀を返してもらい、九郎兵衛は裸足で庭に出ると、牧野を左に見るように構え、素早い動きで腰から三日月を抜いた。目を瞑り、敵がいるかのように動き、空を斬る。

それを牧野が止めと命じるまで続けた。

最初は仮想の敵はぼんやりとした顔であったが、やがて輪郭がはっきりとしてきて、岡っ引きの串蔵に見えてきた。

しばらく続けて、牧野から止めの合図が出ると、九郎兵衛は刀を鞘に納めた。

「さすがの剣捌きだ」

牧野は表情を変えなかったが、

「それに、あれだけ動いたのに息切れもしていない」

と、言いながら頷いていた。

「もうよろしいですか」

九郎兵衛はきいた。

「ああ。こっちに上がれ」

牧野は促した。

九郎兵衛は土を手で払ってから上がる。

再び向き合って座ると、

「これだけの技があり、体力もある」

牧野は前置きをして、ひと呼吸おいてから、

「真剣での稽古は危険かな」

と、意味深長に言った。それが、自分に向けたものなのか、それとも独り言なのか、九郎兵衛には判断出来なかった。

九郎兵衛がその意味をきく前に、

「人を殺したことはあるか」

と、牧野は真面目な顔をして訊ねる。

「人を殺したこと……」

九郎兵衛は繰り返した。ここで何と答えればいいのか。もしもあると言えば、断られるのではないか。いや、逆か。

沈黙のまま、考え込む。

その間、牧野は瞬(まばた)きもせず、じっと見つめる。

やがて九郎兵衛は、「あります」とだけ答えた。

「それは頼もしい。そなたならやってくれるだろう」

牧野は硬い態度のままであったが、どこか満足げに頷く。

「何をやるのでございますか」

九郎兵衛はきいた。

「後々話す」

牧野はそう答え、

「お主を三百石並みで指南役に雇いたい。いかがかな」

と、きいてきた。

「お願い致しまする」

九郎兵衛は頭を下げた。

「そうか。なら、さっそく道場に案内する」

牧野は立ち上がり、部屋を出た。

鯰屋権太夫といい、牧野左衛門といい、何か企んでいるのだろうが、それが何なのかは教えようとしない。

はたして、ふたりの企みが同じとも限らない。

これから先、どんな運命が待ち受けているのか。もう、なるようになれと、割り切った気持ちでいるが、面倒なことに巻き込まれるに違いないことはわかっていた。

庭から、死に遅れた蟬の鳴き声が弱々しく聞こえてきた。

第二章　疑惑

一

　道場に入ると、二十歳そこそこの若い武士たちが木刀を使ってそれぞれに対戦していた。大きな掛け声が轟き、まるで殺し合いのような気迫が漂っていた。

「止めい」

　牧野左衛門が道場内に響く太い声で呼び掛けた。

　すると、若い武士たちの動きが一斉に止まり、牧野に体を向けた。背筋がぴんと伸びていた。ここまで統制の取れている者たちを見るのは初めてだ。

「今日から半年間、指南役を担ってもらう松永九郎兵衛殿だ」

　牧野が紹介する。

　九郎兵衛は一歩前に出て、軽く頭を下げた。

「挨拶代わりに手合わせをしたいが」

九郎兵衛が一同を見渡した。

「誰か松永殿と手合わせしたい者は？」

牧野が見渡してきく。

一番後ろにいた背が高く、がっちりとした体格の武士が、

「拙者が」

と、前に出てきた。

「藤島（ふじしま）新五郎（しんごろう）にございます」

その武士は九郎兵衛に挨拶をした。

「よいだろう」

牧野はそう言い、九郎兵衛に準備をするように促した。

近くにいた背の低い武士が、「こちらをお使いください」と木刀を手渡した。

九郎兵衛は黙って受け取る。

いつも真剣を使っているので、木刀の感覚に慣れない。何度か握り直していると、藤島が九郎兵衛と間合いを空けて、正眼の構えをした。

九郎兵衛はちゃんと構えることなく、右手で木刀の先を地面に向けて持つ。

牧野は少し九郎兵衛の様子を見てから、

「整ったか」

と、きいてきた。

「いつでも」

九郎兵衛は低い声で答える。

牧野は同じ問いを藤島にも向ける。藤島は威勢の良い声で「整いました」と答えた。

「では、始めよ」

牧野が合図をする。

藤島は威嚇するように、足を前後に動かして、隙を窺っている。

だが、なかなか攻めてこない。

猪武者（いのししむしゃ）ではない。大胆にはなれない。技はあるのだろうが、これでは実戦に向いていない。

呑気にそんなことを考えていると、

「えい」

藤島が木刀を振りかざし、踏み込んできた。

九郎兵衛は片手で相手の攻撃を受け止め、弾き返した。藤島はよろけたが、すぐに再び向かってきた。

九郎兵衛は自身も藤島に体当たりするかのように足を大きく一歩前に踏み出して、木刀を藤島の喉元に突き付けた。

藤島は驚いたように仰け反り、尻もちをついた。

「止め」

牧野が言った。

藤島はすぐに立ち上がり、「お手合わせありがとうございました」と頭を下げて、列の後ろに戻って行った。

「次は誰だ」

牧野がきく。

「よろしいでしょうか」

一番前に立っている小柄で華奢な体つきながら、鋭い目つきの武士が答えた。

「明智か。よし、いいだろう」

牧野は答える。

「明智一之進にござる」

そう言って、明智が八双の構えをした。

九郎兵衛は相変わらずまともに構えない。

「お手合わせする前に、ひとつおききしたいことがございます」

明智が言った。

「何だ」

九郎兵衛がきき返す。

「松永さまはどうして構えぬのですか」

「構える必要がないからだ」

「必要はないと言っても、不意を突かれるかもしれません」

「だからこそ、必要はないのだ」

九郎兵衛が禅問答のように返すと、明智はぽかんとしていた。

「もう始めてもよいか」

九郎兵衛がきく。

「はい」

明智は全身に力を込めるようにいきり立っていた。さっきの藤島とは違う。技はないかもしれないが、いざとなればこのような男が強いかもしれない。

九郎兵衛は木刀を両手で握ると同時に、明智に飛んでかかった。

明智は咄嗟に防御するが、九郎兵衛は脇腹に一撃を喰らわせた。

鈍い音がする。

明智はよろめきながらも、まだ体勢を保ち向かって来ようとする。

今度は面に向かって刀を振り上げると見せて、さっきと反対側の脇腹を打った。

うずくまる明智の首の寸前で木刀を止めた。

「それまで」

牧野が合図を出す。

「お手合わせありがとうございました」

明智が痛みに耐えかねる顔をしながらも、礼儀正しく礼をした。

それから、牧野が出てきて、

「これが松永殿だ。さっそく稽古だ」

牧野は皆にそう言い終えてから、九郎兵衛に顔を向けた。

「稽古は毎日、朝の五つ（午前八時）から昼に休憩を挟んで、暮れ六つ（午後六時）までだ。終わったら、さっきの部屋まで来るように」

牧野は去っていった。

九郎兵衛はそれから、一同に向かって、剣術の心得を語った。皆が一生懸命覚えようと真剣な眼差しで聞いていた。

そして最後に、「色々と言ってきたが、何と言っても戦いあるのみだ」と締めた。

「先生」

ひとりが手を挙げた。

「何だ」

九郎兵衛が指す。

「先ほどの剣の構えといい、刀捌きといい、初めて見るものばかりでした。先生の流派は何というのでしょうか」

「天狗流だ」

「天狗流？」

「聞いたことはないと思う。江戸でこの使い手は俺ひとりだろう」

九郎兵衛は平然と嘘を吐くことに違和感を覚えなかった。そして、九郎兵衛はひとりずつにじっくりと剣の使い方を教え込んだ。ひとりに稽古を付けている間、他の者たちは目を凝らして見学していた。

久しぶりに長い間剣術の稽古をしていたので、全身が汗でびっしょり濡れ、足は棒のように疲れが溜まっていた。

やがて、暮れ六つ（午後六時）の鐘がどこからか鳴る。

稽古を終わりにして、九郎兵衛は道場を出た。

庭を通って、母屋に入り、牧野に指定された部屋へ行った。すでに襖は開いていて、もう陽が暮れたというのに行灯の灯りも点いていない。しかし、薄暗い中で牧野が座禅を組んでいた。

「終わりました」

九郎兵衛は声を掛けて、中に入る。

「そこを」

牧野が手で襖を閉めるように言い、九郎兵衛は従った。

廊下からの灯りを取り込めないので、余計に部屋は暗くなった。

九郎兵衛は牧野の正面に腰を下ろした。

「どうだった？」

「なかなか腕の良い者たちが多く、鍛えれば使い物になるかと」

九郎兵衛は少し持ち上げるように答えた。

だが、牧野の表情は硬く、

「まだまだ使えんということだな」

と、きつい目をして言った。

「その辺の侍には通用するでしょうが……」

「一人前にするのに、どのくらいかかりそうだ」

「難しい問いですな。人によって違うでしょうが、一年はかかりましょう」

「長いな。半年でやってもらえぬか」

「たった半年で？」

「お主だったら出来るであろう」

牧野は強張(こわば)った顔で言った。

「そんなに急いで鍛えて、どうするというのですか」

九郎兵衛はきく。

「知らなくていい」

牧野は一蹴した。

「事情次第では、半年で牧野さまがお望みのところまで鍛えることは出来るかもしれませぬが、その事情がわかりませんので」

九郎兵衛は窺うように言った。

「いずれ話す」

牧野は話を逸(そ)らし、

「誰が物になりそうだ」

と、きいた。

「明智にございます」

九郎兵衛は考えるまでもなく答えた。

「意外だな」

「左様で？」

「藤島の方が技はあるだろう」

「技だけでは勝てませぬ。あの者には、もっと思い切りが必要でしょう」

「思い切りか。確かに、思い切りがなければいけないな」

牧野は深い意味があるように言い、

「お主が言うのであれば、明智が一番使えるのであろう。あの者には思い切りがあったのだな」

「それだけではございません」

「と、いうと？」

「勝とうという考えがないように見えました。ただ、ひたすら向かって来ました。邪念のない真っすぐな心が何よりも強いのです」

「剣というのは、そのようなものなのか」

「強くなればなるほど、何も考えなくなるものでございます」

「それは試合だけでなく、実戦でもか」

「変わりはございません」

九郎兵衛は答えた。

「なるほど」

牧野は感心したように言う。腰に刀を二本差しているのに、剣についてはまるで初めて知ったような口ぶりに、自分に合わせているだけなのか、それとも素で感心しているのか見分けられなかった。ただこの者の口ぶりといい、目の付けどころといい、頭が切れることは確かだ。

「ともかく、お主の凄さはわかったし、あの者たちの実力も知ることが出来た。それに、お主の考えていることはわかる」

牧野が落ち着いた口調で言う。

「拙者の考えていること？」

九郎兵衛は牧野の顔をじっと見つめる。

「何が目的なのかと思っているのだろう。それに、鯰屋のことも気になっているだろう」

「いえ」

「否定しなくてもいい。むしろ、疑わない方がおかしい」

牧野はきっぱりと言った。

それから、九郎兵衛が口を開く前に、

「ともかく、あの者たちを強くしてもらいたい。わしの願いはそれだけだ」

「強くしてどうなさるおつもりですか」

九郎兵衛はもう一度、様子を窺うようにきいた。

「武士は強い方がいい。そうではないか」

牧野はそれ以上きいても無駄だとばかりにきつい目をした。

「相違ございませぬ」

九郎兵衛は渋々頷いた。

「そうだ、まだお主の暮らすところを知らせていなかったな」

牧野は思い出したように言って、近くの鈴を手に取って鳴らした。

しばらくして、明智がやって来た。

「松永殿を天寿庵（てんじゅあん）に案内しろ」

牧野は言い付ける。

「はっ」

明智は頭を下げて答えてから、九郎兵衛に顔を向ける。

「こちらです」

九郎兵衛は明智に付いて行った。

母屋を出て、道場の方に向かった。

「天寿庵と言っていたが？」

九郎兵衛はきいた。

「はい。先代の家老が風水に凝っておりまして、南南西の方角に庵（いおり）を造った方が良いということで造った庵だそうです」

「そんなところを俺が使うのか」

九郎兵衛は呟いた。

「牧野さまは風水を気にしておらず、天寿庵は使っておりません。それなので、先生に使って頂こうということだと思いますが……」

明智が答える。

「牧野さまはどのようなお方なのだ」

九郎兵衛が歩きながらきいた。

「藩の財政を立て直した方です。牧野さまがいてこその沼津水野家でございます」

明智の声には、尊敬の念がこもっていた。

そんな話をしているうちに、ふたりは道場の裏手にある離れに着いた。

「こちらが天寿庵にございます」

すでに行灯には灯りが点いていた。

それほど大きくはないが、以前住んでいた田原町の裏長屋に比べれば、ひと回り大きい。ひと通りの家財は揃っていた。

南向きの灯り障子の際に小机がひとつ、その上には硯と筆が数本置いてあった。

床の間には掛け軸があり、獲物を狙う獅子の姿が描かれている。

妙にその絵が気になった。

見入っている九郎兵衛に、

「先生。では、こちらで」

明智が辞去した。

九郎兵衛は床の間にある黒い刀掛けに、三日月と脇差を置いた。その時、改めて獅子の絵を見る。この絵が好きだとか嫌いだとか言うよりも、何とも言えない不気味な感じがしてならなかった。まるで、自分が獲物になったような気分に陥る。

掛け軸を外そうかと手を差し出した。

突然、窓から光が差し込み、獅子の目が鋭く光る。

轟音が鳴り響き、急に雨が降り出した。

九郎兵衛は手を引っ込めて、掛け軸の前から離れた。だが、どこへ動いても獅子の目は付いてくる。

九郎兵衛は掛け軸に背を向けて、考え出した。

鯰屋の狙いと牧野の目的は何なのか。そのふたつで、頭がいっぱいであった。

二

翌朝、六つ（午前六時）より少し前に目を覚ます。澄んだ空気に、朝焼けが鮮やかであった。昨日の大雨が嘘のようだ。

九郎兵衛が身支度を整えていると、外から「松永さま」と女の声がした。

様子を見に行くと、盆を持った女中がやって来た。盆には皿が五つ並べてあった。

白飯、みそ汁、叩き納豆、漬物、でんがくであった。

「飯の支度までしてくれるのか」

九郎兵衛は驚いた。

「はい。もしも、お気に召さないお食事がございましたら、仰ってください」

「いや、これは大そう結構な……」

あまりの厚遇に喜ぶよりも、牧野が何を考えているのか気になった。

女中から盆を受け取ると、

「食べ終わったら、どこへ持って行けばよいのだ」

九郎兵衛はきいた。

「お稽古が始まってから下げに参りますので、わかりやすいところに置いておいてください」

「そこまでしてくれなくとも」

「ですが、牧野さまから、失礼のないように言い付けられておりますので」

女中が答える。

「そうか」

九郎兵衛は軽く頷いた。部屋に戻り、食事を摂る。今まで臭い飯を食べて来たからか、それとも上等なものだからか、食事が喉を通る前に次のものを口に掻き込んだ。あっという間に、平らげる。

ふと部屋の中を見渡すと、掛け軸の獅子と目が合った。昨夜はまるで自分を狙っているように見えたが、今日は様子を窺っているように感じる。

陽が出ている時と行灯の灯りでは、違って見えるのだろうか。

九郎兵衛は床の間の刀掛けから三日月と脇差を手に取って、腰に差した。

そして、天寿庵を出た。

道場へ行くと、まだ全員は集まっていなかったが、半数はいた。各々談笑したり、素振りをしたり、勝手に過ごしているが、九郎兵衛が入ると空気が変わった。

急に皆の顔が引き締まり、九郎兵衛に向かって礼をした。

「そんなに堅苦しくしなくても」

九郎兵衛は皆の視線を避けるように手をかざして答えた。それから間もなくして、皆が集まった。最後に来たのが、昨日、最初に手合わせをした藤島であった。大きな体であるが、申し訳なさそうに身を縮めながら入って来た。

「では、昨日の続きから始める」

それから、昼まで二刻（約四時間）ほど、九郎兵衛は休みなく稽古を続けた。

九つ（午前零時）の鐘が鳴ると、九郎兵衛は半刻（約一時間）の休憩を指示した。

一度、天寿庵に戻った。朝餉の盆は片付けられていた。

「松永先生」

外で声がした。すぐに戸を開けると、『鯰屋』の印半纏を着た若い男が立っていた。

「こちらを旦那から預かっています」

男は文を渡すと、頭を下げて去っていった。

文には以下のように書かれていた。

――牧野さまから、松永さまのことをお気に召したと伺いました。ご紹介した私としましても、誠に光栄にございます。さて、お忙しいとは思いますが、今夜六つ半（午後七時）に、『鯰屋』までお越しください。駕籠は用意しておきます。

九郎兵衛が文を読み終わった時、後ろに気配を感じた。

はっと、振り向くと、明智であった。

「何だ」

九郎兵衛が声を上げる。

「申し訳ございません。牧野さまが捜しておられましたので」

明智が告げる。

「どちらにおられるのだ」

「部屋に戻っていると仰っていましたが」

「そうか」

九郎兵衛が軽く頷くと、明智は去って行った。文を懐に仕舞って、天寿庵から母屋へ行き、廊下を伝って牧野の部屋へ行った。

襖は開けられていた。

九郎兵衛は覗いてみたが、牧野の姿はなかった。

踵を返した時、廊下の向こうから牧野がやって来た。

「松永殿、どちらに行かれていた」

「天寿庵に戻っていました」

「そうか。さっき、『鯰屋』の手代が天寿庵の方に行っていたが、会ったのか」

「はい」

「何の用だった」

牧野は問い詰めるように、きいてきた。

「話があるので、『鯰屋』まで来てくれとのことでした」

「そうか……」

牧野は考え込み、

「鯰屋はお主に何か探らせようとしているのか」

「あの旦那からは何も聞かされていません」

九郎兵衛は答えた。

牧野はよほど、鯰屋権太夫のことを警戒しているようである。鯰屋もただ単に九郎兵衛に剣術を教えさせるために、沼津水野家へ遣わしたわけではないだろう。

牧野は九郎兵衛のことを疑うように見ながらも、

「住み心地はどうだ」

と、気に掛けるようにきいてきた。

「大そう立派なところで、ありがとうございます。朝餉の支度まで……」

九郎兵衛はそう言いながら、牧野の顔を窺った。

「鯰屋にも丁重に迎え入れるように言われておる」

牧野は硬い表情のまま言い、

「鯰屋はどうしてお主のことをそこまで買っているのだ」

と、訊ねてきた。

「わかりません」

九郎兵衛は首を傾げた。

「そもそも、鯰屋とはどんな関わりなのだ」

「……」

九郎兵衛は戸惑った。

「答えられぬというのか」

「いえ、まだ会って日が浅いものでして」

九郎兵衛は何と答えていいのかわからなかった。

「まさか、町中でいきなり声を掛けられたとでも言うのではないだろうな」

牧野が訝しい目つきになる。

「そういうわけではありませんが……」

九郎兵衛は苦し紛れに答える。

牧野は無言で九郎兵衛を見つめる。

「一言で申しますと、口入屋で仕事を探しているときに、声を掛けてもらったという成り行きです」

さすがに、無実でも牢に入れられていたことは、話すことが出来なかった。

「まあ、良い。鯰屋がどんなことを頼んでいようが、わしの命令には必ず従ってくれ」

牧野が釘を刺した。

「かしこまりました」

九郎兵衛が頷くと、

「稽古が終わったら、浜町水野家へ行ってもらいたい」

と、牧野は告げた。

「浜町水野家？」

「分家旗本だ」

「どうして、分家へ？」

九郎兵衛はきき返した。

「行けばわかる。安藤直政（あんどうなおまさ）という家老がいるから、その者を頼るがよい」

「左様でございますか」

九郎兵衛は領かざるを得なかった。牧野はそれ以上詳しく説明したくないようであった。

「本日でないといけませんか」

九郎兵衛はきいた。

「ああ」

牧野が即答する。

「さっきもお話ししましたように、鯰屋に呼ばれておりまして」

九郎兵衛はもう一度言った。

「それなら、わしの方から鯰屋に断りを入れておくから、浜町へ行ってくれ。よいな」

　牧野は厳しい顔で言い、さらに続けた。

　牧野は九郎兵衛のことをじっと見て、

「あまり、鯰屋と深い付き合いをするなよ」

　と、強い語気で言い聞かせた。

「どういう意味で？」

　九郎兵衛は即座にきき返す。

「そのうちわかるだろう」

　牧野は、はっきり答えなかった。

　九郎兵衛も鯰屋権太夫とは、あまり関わりたくない。それは未だ得体の知れない牧野左衛門にしても同じだ。

　改まって、牧野を見た。

「そうだ、一応、水野沢瀉の紋が入った羽織を用意して、天寿庵に置いておく。変に疑われないように、それを必ず着ていくように」

　牧野はそう言ってから、

「もう休みが終わる頃だろう。戻るがよい」

と、促した。

九郎兵衛は頭を下げて、部屋を去って行った。

母屋を出て、道場に戻る。多くの門下が揃っていたが、ひとりだけ足りなかった。

「誰がいないのだ」

九郎兵衛がきくと、

「藤島です」

背の低い藩士が答えた。

「そうか」

九郎兵衛は頷き、

「昼までに教えた技を実際に使ってもらう。まず、近くの者と組んで、手合わせをせよ」

と、命じた。

ふたり一組になったが、藤島が来ていない分、ひとりだけ余った。背の高い吊り目の藩士であった。

「先生、私はどうすれば」

その藩士が困ったようにきく。

「しばらく待っていろ。そのうち、藤島が来るだろう」

九郎兵衛は何の気なしに言ったが、

「普段なら、藤島は誰よりも早く道場にやって来る奴です。それが、朝は遅れて、昼はまだ来ていないというのは……」

藩士は首を捻る。

「長屋に様子を見に行ってこい」

九郎兵衛は指示した。

「はっ」

藩士が道場を飛び出した。

藤島は昼までの稽古ではよく動いていて、どこか悪いようには見えなかった。藤島は明智に次いで見どころのある者だと感じていただけに、多少気掛かりであった。

少しして、藩士がひとりで戻って来た。

「どうだった？」

九郎兵衛はきく。

「いませんでした」

「なら、仕方ない。俺が相手になる」

九郎兵衛は他の藩士たちの稽古を横目で見ながら、その藩士と組んだ。

半刻（約一時間）くらい経ち、藤島が肩で息をしながら駆け込んで来た。

「先生、申し訳ございません」

藤島は苦しそうに謝る。

九郎兵衛は何があったのかもきかず、心配する素振りを見せるわけでもなく、

「こいつと組んで、昼までに教えたことを実践してみろ」と、指示した。

藤島はすぐに取り掛かった。

それから、八つ半（午後三時）までは同じことを続け、それからは勝ち抜きの一本勝負の試合をすることにした。

九郎兵衛はここまで稽古を見て、やはり明智の気迫と藤島の技は群を抜いていると思った。

勝ち抜きで、最後に残ったのは、案の定、そのふたりであった。

そして、ふたりが構え合う。

どちらも構えに隙があるものの、藤島はわざと隙を作って、明智がかかって来るのを誘導するようにも見えた。

「えいっ」

思った通り、明智が木刀を振り上げ、藤島に飛び掛かった。

束の間、藤島は急に構え直し、明智の攻撃を弾き返し、胴を狙って横一文字に薙いだ。

明智は咄嗟に腹を引っ込めて飛びのく。

藤島の木刀が明智の胴着を掠った。

だが、すかさず藤島は木刀を振りかぶって、明智の肩に思い切り叩きつけた。

鈍い音がして、明智がひざまずいた。

「止め」

九郎兵衛が言った。

明智は痛みからか顔を歪めていたが、すぐに立ち上がり、お辞儀をして、列に戻って行った。

藤島は何とも複雑な表情で立っていた。

暮れ六つ（午後六時）の鐘はまだ鳴っていなかったが、切りがよいので、今日の稽古はここまでとすることにした。

しかし、九郎兵衛が解散を命じても、藩士の多くはその場に残って、互いに教え合ったり、素振りなどに励んでいる。

ただ、藤島だけがどこか落ち着きのないように、足早に道場を出て行った。

九郎兵衛は天寿庵に戻った。

昼間、上がり框（かまち）に羽織が置かれていた。それを着て、さっそく屋敷を出た。

家老屋敷を出て、日本橋の町々を通り、浜町堀（はまちょうぼり）の難波橋（なにわばし）を渡ったところに構えている浜町水野家へ向かった。

門番に沼津水野家から来たことを告げると、脇門から中に入れてもらった。若侍が迎えに来た。

「拙者、沼津水野家から参った松永九郎兵衛と申すが……」

名乗るや否や、

「安藤さまから伺っております。どうぞ、こちらへ」

と、庭を通って母屋へ案内された。

玄関で若侍に刀を預け、廊下を何度か曲がった先にある部屋に来た。

「失礼致します。松永殿がお見えでございます」

九郎兵衛を中へ通すと、若侍は去って行った。

部屋の中には面長で耳が尖った、いかにも細かいことに拘(こだわ)りそうな細い目の四十男がいた。体の線は細いが、鍛えてあるような体つきである。

「私が安藤だ」

牧野と似たような厳(いか)めしい表情であるが、口調は柔らかかった。

「稽古の後だというのに、ご苦労であった」

「いえ。牧野さまから、こちらに来るように伺っております。どんな用件なのかは伺っておりませんが」

九郎兵衛が言うと、

「全く聞いていないのか」

「ええ、安藤さまが色々話してくださるはずだと」

「そうか。わしの裁量に全て任せるというのか」

安藤は呟いた。

「一体、何のために呼ばれたのでしょうか」

九郎兵衛は胸を張り、落ち着きながらも、気になってきいた。

「こちらでも剣術を教えてもらいたい」

安藤はあっさり言った。

「どなたに……」

九郎兵衛がきこうとしたところ、安藤が覆いかぶせるように、

「その前に当家のことを話しておかなければならぬな」

と、言った。

「当家は松本藩三代藩主、水野忠直の四男、忠照公を祖としておる。甥の松本藩主水野忠恒が、享保十年（一七二五年）に、長府藩の毛利師就公に対して刃傷沙汰を起こし改易に処せられた。しかし、家名存続を願う声が強く、一族の若年寄水野忠定の取り成しにより、幕府から信濃佐久郡二千石の替地を与えられ、旗本として存続することになった」

安藤はひと息おき、

「沼津水野家二代藩主の忠成公は元々、旗本岡野知暁氏の次男であったが、浜町水野家の末期養子になり、その後沼津水野家へ養子に行ったことから、浜町水野家と沼津水野家との関係は深い」

と、語った。

それから、さらに続けた。

「浜町水野家には四人の男子がおり、次男千代丸さまに剣術を教えていただきたいのだ」

安藤はまじまじと九郎兵衛を見た。

九郎兵衛はどうして、わざわざ自分を頼るのかがわからない。

「こちらには、剣術を教える方がいらっしゃらないので？」

九郎兵衛は探るようにきいた。

「私が教えてもいるが、牧野さまからお主の剣術の噂を聞き、是非にと思った次第である」

「左様にございますか。しかし、拙者は毎日夕方まで稽古を付けておりまして、千代丸さまに剣術を教えるといっても夜になってしまいます。それに、毎日来るようなことは出来ません」

九郎兵衛は、はっきりと言った。牧野はそれを知っていながら、どうして浜町水野家に寄越したのだ。全く理解出来ない。

「毎日でなくても良い。五日に一度でも、十日に一度でも良いのだ」

「それならば、他の方を雇った方がよろしいのでは」

「いや、新たに探すとなると面倒だ。牧野さまのお墨付きがあれば安心出来る。引き受けてくれぬか」

安藤が真剣な眼差しで頼み込んだ。

「もし嫌であれば、断ることも出来るのでございますか」

九郎兵衛は静かな声できいた。

「ああ。その時には仕方がない」

安藤が答える。

「では、一日返事を待って頂けますか。明日には、返事をさせて頂きますので」

九郎兵衛はそう告げて、浜町屋敷を後にした。

向かう先は、芝神明町の『鯰屋』であった。

五つ（午後八時）が過ぎた頃であった。多少の雨なら傘を差さない九郎兵衛であったが、さすがにそうはいかなくなった。地面もだいぶぬかるんでいる。こちょこちょと小さな足音がすると思い目を向けてみるとかわうそで、雨を楽しんでいるように走っていた。

芝愛宕山の下、桜川辺りにはかわうそが生息していて、時折顔を引っ掻かれるなど襲われることがあると耳にする。

どこからか、かわうその甲高い鳴き声がする。

しばらく、神明町に向かって歩いていると、急に傘が重くなった。途端に、傘が破ける音がして、かわうその顔が破れ目から見えた。

九郎兵衛は傘を振り払う。

かわうそはどこかに行ったかと思うと急に顔をめがけて飛び込んできて、引っ掻いて逃げて行った。

思わず、傘を放り投げて、刀に手をかける。

すぐに「かわうそ如きにこのようなことを……」と自分が情けなくなる。だが、雨音の中に刀を抜く音を聞き逃さなかった。

九郎兵衛は柄に手を掛けたまま、辺りを見渡す。

誰も見当たらない。

どこからか気配がする。息を殺しているようだ。

少し経つと、静かに刀を鞘に納める音がした。

九郎兵衛は警戒しつつ、傘を拾って差した。

破れ目から雨が滴り落ちる。

早歩きで、先を急いだ。

徐々に雨脚が強まって来た。

それから少しして、『鯰屋』に到着した。

表は閉まっていて、裏手に回った。勝手口の外に傘を立てかけ、土間に入ると、すぐ目の前に昼間文を持って来た若い男が団扇で火鉢の炭を扇いでいた。

「これは松永さま。凄い濡れようでございますね」

若い男は団扇を置いて立ち上がった。

「傘が破れていてな」

「すぐに手拭いを」

若い男は急いで奥へ行き、手拭いを何枚か持って戻って来た。そのうちの二枚を九郎兵衛に渡し、九郎兵衛の後ろに回った。

九郎兵衛は思わず振り向き、

「何だ」

と、きいた。

「いえ、手の届かないところをお拭きしようと思いまして」

若い男は答える。

「やらなくていい」

九郎兵衛は冷たく言い放つ。

若い男は謝って、九郎兵衛の前に回った。

九郎兵衛はひと通り体を拭いてから、手拭いを若い男に渡す。

「権太夫は？」

「奥におられます。ずっと、松永さまのことを待っておられました」

「そうか。文句を言っていたか」

「いえ、心配なさっていました」

若い男は答えた。

それから、九郎兵衛は権太夫のところまで案内された。廊下を歩く度に、微かに空気の抜けたような甲高い音が床から鳴り響いた。盗人が入ってきても、足音で気づくようにしたものかと思った。

奥の部屋まで行くと、権太夫は縁側で裏庭に向かっていた。

「失礼致します。松永さまにございます」

若い男が襖の前で声を上げる。

「どうぞ」

権太夫は立ち上がり、部屋の真ん中にやって来た。

九郎兵衛と向かい合って座った。

「酒でも呑まれますか」

権太夫がきいた。

「いや」

喉が渇いていたが、九郎兵衛は断った。

「遅うございましたな。何かありましたかな」

権太夫が心配するようにきいた。

「浜町水野家に行っていた」

九郎兵衛は正直に答えた。鯰屋権太夫に雇われた身である。今のところ、自分に不利になることでなければ、全て隠さずに話そうと思っている。

「浜町屋敷？」

権太夫は考え込むようにきき返す。

「次男の千代丸さまに剣術を教えてくれと頼まれたのだ」

「千代丸さまに……。またどうして？」

「牧野さまの紹介だから、俺が信頼出来るとのことだ」

「牧野さまは何を考えているのでしょう……」

権太夫は考え込んだ。

「俺もいきなりそんなことを頼まれたものだから困っている。とりあえず、お前に相談してから返事をしようと思ったのだ」

「そうでしたか。牧野さまの思惑は全くわかりませんが、お受けになってはいかがですか」

「しかし、面倒なことに巻き込まれるのは勘弁したい」

「面倒なこと？」

「わからぬが、何か裏があることだろう」

九郎兵衛は決めつけるように言い、

「浜町水野家に何か思い当たる節はないのか」

と、訊ねた。

「そう言われましても、手前どもは浜町水野家とは取引もしておりませんし、全くわかりませんな」

権太夫は首を傾げた。しかし、目の奥が鈍く光っていた。

「俺が引き受けることで、お前に何か利益があるのか」

「浜町水野家については、本当にわかりませんので」

「まあ、よい。引き受けることにする」

「ええ、お願い致します」

権太夫が軽く頭を下げてから、

「そういえば、道場はどんな感じでございましたか」

と、きいてきた。

「なかなか腕の良さそうな若い武士たちが集まっておる」

「たとえば、どなたでしょう」

「明智一之進や、藤島新五郎だ」

「明智さまと、藤島さま……」

権太夫が繰り返した。

「あの者たちを知っているのか」

「ええ、一応江戸にいる方々は知っております。明智さまは牧野さまが目を掛けているようですし、出来れば明智さまと仲良くして頂くことは出来ませんか」

権太夫が言った。

「構わぬ」

九郎兵衛は答えた。すると、権太夫は懐から厚みのある袱紗を取り出す。

「これは私の気持ちですから。どうぞ、お納めください」

権太夫は袱紗を九郎兵衛の前に置いた。ざっと十両はありそうだった。

「仲良くするだけで十両貰えるとはおかしな話だ」

九郎兵衛は訝しく思いながら、苦笑いした。

権太夫は不敵に笑い、

「そういえば、松永さまには妹御がいらっしゃいましたね」

と、言ってきた。

「妹だと？」

九郎兵衛は急にひやりとした。

「はい。三つ違いの妹御がいらっしゃいますよね」

権太夫は確かめてもいないのに、決めつける。妹がいることを知っているのは、丸亀藩で仕官していた時に親しかったごく一部の者だけだ。何も周囲に隠そうとしていたわけではなかったが、九郎兵衛は元よりあまり身の上を語るのが好きではなかった。

「どうして、妹がいると思うのだ」

九郎兵衛は確かめた。

「そういう話を聞きましたので」

権太夫は笑顔のまま答える。

「誰から聞いたのだ」

「まあ、それはいいではございませんか」

「よくはない。俺のことで適当なことを言いふらしている者がいるのだとすれば……」

九郎兵衛は続けようとしたが、

「でも、本当のことにございましょう？」

権太夫は言葉をかぶせる。

そして、続けた。

「そのお方が、今どこで、何をしているのかはご存じで？」

「知らぬ」

「丸亀を追われる時に別れたきりだそうですね」

「……」

「何も松永さまのことを根ほり葉ほりきこうというわけではございません。ただ、そのお方が今は江戸で暮らしているということをお伝えしようと思いまして」

「何、江戸で？」

九郎兵衛は思わず身を乗り出した。

「そんなに気になりますか」

権太夫はしめたというような目つきをする。

「いや」

九郎兵衛は首を軽く横に振った。

「何だかんだ言っても、義理堅いお方ですからね」

「……」

どこまで自分のことを知っているのだと空恐ろしくなった。

それを見透かすかのように、にやりと笑う。

「それで、妹はどこにいる」

九郎兵衛は開き直ってきいた。

「今は教えるわけにはいきません」

「何だと？」

「まだそのお方が本当に松永さまの妹御なのかどうかも定かではありません」

「俺が会いに行けばわかることだ」

「もし違いましたら無駄足になりますので」

「構わん。居場所を教えてくれ」

「もう少しはっきりしましたら、お教えします」

　権太夫は見くびるように言った。

　九郎兵衛はさらにしつこくきいたが、教えてもらえなかった。

「では、また頼みますよ」

　権太夫は立場が逆転したというばかりに、上から目線で追い返すように言う。妹の居場所を知っているのだろう。いや、ただ知っていることを報せたわけではないはずだ。もしも、九郎兵衛が権太夫に反することをしたら、妹の命さえも奪わんとしているかのように捉えられた。

　少し後悔をしながら、九郎兵衛は『鯰屋』を後にした。

　もう雨は止んでいた。

　帰り道、九郎兵衛の後を誰かが付いてきている気がした。何度か振り返ったが、姿は見えない。だが、はっきりと気配を感じた。

秋の夜風が襟元から入ってきて、肌寒いくらいであった。

三

翌日、九郎兵衛が道場へ向かうと、すでに朝から稽古をしていた。だが、ひとりだけ欠けていた。

藤島がいない。

昨日の朝も、そして昼も遅れて来たので、余計に気になった。

五つ（午前八時）の時の鐘が聞こえると、各自で稽古していた者たちが列をなした。その時に慌てて藤島が道場に入って来た。

そうして、今日の稽古も始まった。

一刻（約二時間）ほど経った時、道場に牧野が入って来た。

九郎兵衛は切りの良いところで指南を終え、ふたり一組にさせて対戦させた。

その間に、牧野に近づいた。

「どうなさったのですか」

九郎兵衛がきいた。

「ただ稽古を見に来ただけだ」

牧野は稽古の様子を見ながら答えた。

「左様でございますか。もしも指導の仕方に問題があるなら、仰ってください」

「文句はないが……」

牧野はなぜか藤島を見つめていた。

その時、藤島は相手に胴を突かれた。藤島は片膝をついて倒れたが、起き上がる時に、こっちを見た。

「牧野さま、伺いたいことが」

九郎兵衛は浜町屋敷のことをきこうとした。

「浜町のことなら、引き受けてもらいたい」

牧野があっさりと言う。

「しかし、沼津水野家と浜町水野家は同じ一族でも、大名と旗本。まだ色々とわからないことが多過ぎて」

「わからぬまま、教えることは出来ぬのか」

「面倒なことには巻き込まれたくございませんので」

九郎兵衛は、びしっと言った。

牧野は少し考えてから、

「では、後ほど御殿へ来てくれ。そこで、軽く状況を説明しよう」

牧野はそう言って、道場を出て行った。


暮れ六つ（午後六時）になって、稽古を終わりにした。

着替えてから家老屋敷を出て、御殿へ行った。

薄暗くなっており、辻灯籠（つじどうろう）の灯りが目立った。

誰もいないので、声を出そうと思ったところ、

「どちらさまですかな」

後ろから声を掛けられた。

振り向くと、四十過ぎのでっぷりとした太い眉毛の人の好さそうな武士が立っていた。

「松永九郎兵衛と申します」

九郎兵衛は名乗った。

「あなたが松永先生でしたか。お名前は聞いております。留守居役の久米源左衛門(くめげんざえもん)でございます」

久米は留守居役という高い位の役職にも拘(かかわ)らず、物腰が柔らかかった。

「先生も沼津藩の者なのですから、そのまま上がって頂いて構いませんのに」

久米は、にこやかに言った。

「恐れ入ります」

九郎兵衛は軽く頭を下げる。

「ところで、先生が何をしにこちらへ？」

久米がきいた。

「牧野さまを捜しております」

「そうですか。それなら、家老屋敷で待っていればよろしいものを……」

「いえ、牧野さまにこちらに呼ばれておりますので」

「牧野さまが……」

久米は繰り返した。

「拙者もどうして上屋敷なのだろうと思ったのですが」

「誰かに引き合わせるつもりなのかもしれませぬな」

久米は一瞬、鋭い目つきになった。

「ところで、松永先生」

久米が改まった声で呼ぶ。

「何でしょう」

九郎兵衛が答える。

「半年間、剣術を教えることになったとお聞きしましたが、実際に何を教えているのでしょう」

久米が真面目な顔をしてきく。話題がなくなって間を持たせるためにきいたというような感じではなく、本当に知りたいような真剣な顔つきであった。

「何と言って、他の藩がしていることと変わりないとは思いますが、牧野さまからは実践で役立つような強い武士を育ててくれと言われております」

九郎兵衛は答えた。

「実践で役立つような……」

久米は引っ掛かったようで、その言葉を繰り返した。

「他には何か指示されていることはないのですか」

さらにきいてくる。

浜町水野家のことが頭を過ったが、まだ正式に引き受けているわけではないので、久米には告げなかった。

久米は稽古のことや、道場で教えている武士に誰がいるのかをきいてきた。鯰屋と同じであった。

どうして、そんなことを気にするのだろうと、不思議に思っていると、屋敷の中から若侍が出てきた。

「松永先生。牧野さまがお呼びでございます」

九郎兵衛はそう言われ、久米に挨拶をしてから、その場を後にしようとした。

久米はそれ以上きいて来ず、

「もし、何かお困りのことがありましたら、私に何なりとお申し付けください」

と、庭の方へ歩いて行った。

九郎兵衛は若侍に付いて行き、玄関を上がった。

廊下の角を何度か曲がると、

「突き当たりの部屋にございます」

若侍が教えてくれた。

九郎兵衛はその通りに進むと、そこから何人かの声が聞こえてきた。

九郎兵衛は襖の前で声を掛けた。

部屋から牧野が出てきた。

「入ってくれ」

部屋の中には、上座に三十くらいの品の好い立派な出で立ちの武士と、まだ九つか十くらいの男児がいた。下座には浜町水野家の家老、安藤直政が座っていた。牧野は安藤の左隣に腰を下ろした。

「こちらが浜町水野家の当主、忠秀（ただひで）さまである」

牧野が三十くらいの武士を紹介してから、

「そして、こちらが次男の千代丸さまだ」

と、言った。

九郎兵衛はふたりに深々と頭を下げてから、

「後ほど、剣術をお教えする件で伺おうと思っていました」

と、告げた。

「ちょうど、上屋敷に来る用事があってな。松永と言ったな」

忠秀が九郎兵衛を真っすぐに見た。

「はっ」

九郎兵衛は答える。

「千代丸が沼津水野家に……」

忠秀が続けようとしたところ、

「殿、その話はまだ」

安藤が制した。

「そうか」

忠秀は安藤を見て答えてから、

「すまぬな。忘れてくれ」

と、九郎兵衛に告げた。

九郎兵衛は、忠秀が一体何を言おうとしていたのか、そして、安藤がなぜ話を止めさせたのかがわからなかった。

「ともかく、千代丸のこと、よろしく頼むぞ」

忠秀は澄んだ目で、真っすぐ九郎兵衛を見た。

「はっ」

九郎兵衛は再び深く頭を下げた。

千代丸を見ると、背筋を伸ばし、しっかりと九郎兵衛を見ていた。

目と目が合うなり、

「いつから来てくれるのだ」

と、じれったそうな顔できく。

「それでは、明日からでも」

九郎兵衛は牧野の顔を見ながら答えた。

牧野は静かに頷く。

「ただ、浜町屋敷にはちゃんとした道場というものがない」

忠秀が言った。

「庭があれば十分かと」

九郎兵衛は答えた。

「雨の日はどうすればよい」

千代丸がきく。

「大広間を使いましょう」

安藤が口を挟むと、忠秀も頷いた。

話はまとまった。

九郎兵衛は一足先に、部屋を出た。

四

夜の四つ（午後十時）近くになって、沼津藩上屋敷もだいぶ静まり返っていた。

九郎兵衛は庵から窓の外を眺めていた。秋の月が鮮やかに冴えわたって、夜露が白く光っている。

九郎兵衛は物思いに耽っていた。

小伝馬町の牢屋敷に入れられている時にも、今までの人生を振り返り、本当にこれでよかったのかを考えていた。

元は丸亀藩に下級武士として仕えていたが、揉め事から同僚を斬ってしまったことがきっかけで藩にいられなくなった。江戸に出てからは、賭場で知り合った韋駄天の半次と脅しや強請などの悪事を働き食いつないできた。そして、神田小僧巳之助、浮名の三津五郎、女掏摸の小春とも出逢い、あくどい商家や旗本などから金を巻き上げることもあった。その時に、ようやく仲間が出来たと内心では嬉しかったが、その仲間はもういない。むしろ、その仲間に裏切られて捕まったのではないかとさえ疑っている。

人間を素直に信じてはいけない。九郎兵衛の戒めとなった。

鯰屋や沼津水野家、そして浜町水野家であっても、用が済めば九郎兵衛のことはいとも容易く見捨てるかもしれない。

九郎兵衛は月に雲がかかるのを見ながら、ため息を吐いた。

その時、「松永先生」と暗闇から男の透き通る声がした。

見渡すと、門がある方向から藤島新五郎が忍び足で近づいて来た。

「こんな遅くに何をしているのだ」

九郎兵衛は声をひそめてきいた。

「急用で訪ねて来た者がおりまして。見送りに行っていました」

「訪ねて来た者？　中間（ちゅうげん）部屋でやっているのか」

九郎兵衛は賭場が出来ているのかと思った。

「いえ、そういうのではありません」

藤島は慌てて否定する。

「では、何だ」

九郎兵衛は問い詰めた。

「それは控えさせてください。それより、お耳に入れておきたいことがございまして」

「何だ」

「蓑田三郎のことでございます」

藤島が口にした時に、九郎兵衛は内心ではどきりとしたが、

「蓑田三郎？」

と、惚けた。

「松永先生が牢に入れられていたと聞きました」

「そんな根も葉もない噂が流れているのか」

「いえ、根も葉もないことではないでしょう」

「……」

「私はそのことをどうこう言うつもりはございませんし、先生が無実の罪で捕らえられていたのを知っています」

藤島が真っすぐな目をして言う。

「誰に聞いたのだ」

九郎兵衛は訊ねた。

「知り合いの男です」

「誰なんだ」

「それは……」

藤島は言い渋った。

「この藩の者か」

九郎兵衛は続けてきいた。

「いえ……」

藤島が躊躇いながらも首を横に振る。

「もしや、鯰屋か？」

「鯰屋ではございませんが……」

藤島は答えてから、

「鯰屋も何か動いているのですか」

と、動向を探るようにきいて来た。

「いや」

九郎兵衛は否定した。

「たしか、先生は鯰屋の紹介でしたよね」

「そうだが」

「そうですか。安心なさってください。他に松永先生が牢に入れられていたことを知っている者はいないと思います」

「それなら、どうしてお前が」

「事が落ち着いたら、ちゃんと話します」

藤島が辛そうな顔で答える。

「事というのは？」

「申し訳ないのですが、本当に話せません」

藤島は頭を下げてから、

「ただ蓑田三郎が下手人ということはあり得ません」

と、断言した。

「どうして、蓑田ではないと？」

九郎兵衛はきいた。

「詳しくは話せませんが、蓑田でないということは確かです」

藤島は強調する。

「では、誰が真の下手人なんだ」

「まだわかりません」

「まだというのは？」

「いえ」

藤島が短く否定してから、

「蓑田は元々沼津藩にいた武士です」

と、口にした。

「何、蓑田は沼津藩の？」

「はい。私と同じ……」

言葉を続けようとした時、庭のどこからか足音が聞こえてきた。

「先生、中に入ってもよろしいですか」

藤島が声をひそめる。

「ああ」

九郎兵衛はすんなりと招き入れた。

藤島が慇懃な物腰で表から入ってきて、部屋で対面に座る。道場で見るよりも、もっと真剣な顔をしていた。

「蓑田は一年前に藩を去りました。それまで、私と同じく道場で剣術を習っていました。あそこにいる者たちは、沼津の十二歳から十七歳の下級武士の子息、二十五名です。これからの沼津藩を担う人物を育てるという目的のもと、五年前に牧野さまが主導して結成されました。ただ、蓑田だけは客将の子どもでした。父親は蓑田玄葉(げんよう)という兵学者です。一応、百石の家禄を与えられていた家柄です」

藤島は答えてから、さらに続けた。

「算術、儒学、政治、兵学、剣術など、様々なことを叩き込まれました。今のように毎日、朝から夕方まであるというわけではありませんでしたが、蓑田玄葉先生が全てを教えてくれていました。しかし、玄葉先生が一年半前に急な病でお亡くなりになってからは三人ほど新しい先生がやって来ましたが、皆半年経たずに辞めて行きました」

「半年経たず？　何か問題でもあったのか」

「それはわかりません。仲間内でも牧野さまのやり方がいけないのではないかと噂をしていたほどで……」

「そうか」

「でも、松永先生であれば、そのようなことは心配無用だとわかります」

「どうしてだ」

「先生は明らかに他の先生に比べて強いですし、鯰屋の手先になるようなこともないでしょう」

「鯰屋が何か関与しているのか」

「おそらくは……」

藤島が答えた。

隠しているわけではなく、そのことについてはよく知らないように思えた。

「要らぬ心配かと思いますが、鯰屋権太夫だけは信頼なさらない方がいいと思います」

藤島が真顔で言う。

「なぜだ」

「いえ、ただ気を付けてください」

藤島ははっきりとは言わなかった。

「牧野さまについてはどうだ」

九郎兵衛はきいた。

まだ藤島が牧野の一味なのか、そうでないのかがわからない。

「牧野さまだけは、譜代の家老たちと違って、藩のためを思ってくださっています。ただ、牧野さまと鯰屋の関係がよく見えません」

藤島がしきりに瞬きしながら答えた。膝が少し動き、体も僅かに前のめりになっていた。

「そういえば、沼津水野家に来てから、なんとなく誰かに尾けられている気がする」

九郎兵衛は探りを入れた。

「どなたが尾けているのですか？」

藤島がきき返す。

「わからない」

「心当たりもないのですか」

「……」

九郎兵衛は改めて藤島を見た。

「ともかく、蓑田が真の下手人ということはあり得ません」

藤島がもう一度言う。

「ここに来てからというもの、誰もが裏の話を持ちかけてきて、信用できぬな」

「それは私も同じです。深く考え過ぎてしまっているだけかもしれませんが、どなたも信用できません」

「お主のことだって、信用できぬぞ」

「はい、そうでしょう」

藤島があっさり言い、

「しかし、ここまで赤裸々にお話ししましたのも、松永先生には蓑田が下手人でないということをわかって欲しいからです」

と、強く主張する。

「どうして、そこまで蓑田を庇う？」

「庇っているのではありません。本当に下手人ではないからです」

藤島は必死に言う。

「お主は蓑田と仲が良かったのか」

「ええ、唯一無二の友です」

藤島が言い切る。と同時に、少し目元が緩んだ気がした。蓑田が死んだ今でも、彼のことを思っているように聞こえた。

「真の下手人がわかった時には、先生に真っ先にお伝えします」

まるで、藤島が調べているような言い方だ。だが、九郎兵衛は深くはきかなかった。牢に入れられていたのは過ぎた話だし、今さら誰が真の下手人であろうが、知ったことではない。それに、面倒なことに巻き込まれるのは、もう御免だ。

どこからともなく、秋の虫の音が聞こえて来た。

藤島のことさえも素直には信じられないでいた。

それから数日間、藤島は遅れることなく、道場に現れた。この中では、腕の良さは光っている。だが、明智と対戦すると負けてしまう。初めは気迫が足りていないだけだと感じていたが、もしかしたらわざと負けているのではないかと思った。

暮れ六つ（午後六時）に稽古が終わり、九郎兵衛は帰ろうとする藤島を呼び止めた。

「ちょっと、この間の話の続きがしたい」

九郎兵衛が周りに聞こえないほどの声で言った。

「はい」

藤島は辺りを気にしながら頷く。

「また夜にでも、庵に来てくれ」

九郎兵衛が伝えると、藤島は軽く頷いて足早に去って行った。何か用事があって急いでいるようにも見えた。

九郎兵衛が帰り支度をしていると、牧野が道場に入って来た。これから道場を出る武士たちの背筋が一段と伸び、大きな声で挨拶をしていた。

牧野が近寄って来て、

「これから浜町屋敷へ行ってくれ」

と、言った。

「わかりました」

九郎兵衛は頷いた。

見渡すと、道場には教え子は誰も残っていなかった。

「今日は千代丸さまに剣術をお教えするのですか」

「そうだ」

「他にも何か？」

「今日はそれだけだ」

牧野はそう言うが、他にも何かありそうだった。

しかし、待っても言ってこない。それなのに、その場を動かないで、九郎兵衛の顔をじっと見ていた。

「すぐに行けばよろしいですか」

九郎兵衛は直接きかず、そんな言葉で繋(つな)いだ。

「ああ。向こうに行ったら、まず安藤を訪ねよ。それから、千代丸さまのところに行くように」

牧野はそう告げて、道場を出て行った。

九郎兵衛も後を追うように道場を後にした。


六つ半（午後七時）過ぎ、九郎兵衛は浜町屋敷へ到着した。ここに来る間も誰かに尾行されている気がした。だが、立ち止まらずにやって来た。

牧野に言われたように、まずは安藤を訪ねた。安藤はこの前接見した部屋にいて、香を焚(た)き、書物を読んでいた。

用件を聞く前に、

「これは初代当主、水野忠照公が好んでいた香りだ。千代丸さまもこの香りが好きだそうだ」

安藤は説明しながら、香をつまんで、手のひらに収まるほどの香炉に軽く投げ込んだ。うすい煙が立ち込め、華やかな香りが鼻を打った。

牧野も牧野なら、安藤も安藤だと思った。何かを伝えようとしているのだろうが、直接言わないので何なのかがわからない。

九郎兵衛はしびれを切らして、

「千代丸さまに剣術を教える以外には、何をすればよろしいのでしょう」

と、訊ねた。

「いや、剣術を教えてくれるだけで構わない。いや、そうすれば千代丸さまは次第にお主を慕うようになるはずだ」

安藤は予め答えを決めていたように言った。

「どういうことです？」

九郎兵衛はきいた。

「まずは千代丸さまにとことん気に入られることがお主の役目だ」

「気に入られようが、気に入られまいが、拙者が剣術を教えることで、千代丸さまに手を出そうとしている者たちをけん制出来るのでは？」

この間の話だと、そう受け取っていた。

「それもそうだが……」

安藤は言葉を切り、

「それより、藤島はどうだ」

と、話を変えた。

「藤島がどうかしたんですか？」

「ああ、何か変な動きでもしていないか」

「いえ、別に」

「そうか。あいつは陰で動いている。どういう目的なのかは知らないが、警戒するに越したことはない」

安藤は九郎兵衛の顔を覗き込むようにして言った。

「わかりました」

九郎兵衛は軽く頷いた。安藤の目は見定めるようであった。

「では、御免」

居心地の悪さを感じて立ち上がった。

安藤の部屋を出て、千代丸の部屋へ向かった。途中の廊下で浜町屋敷に勤める武士たちと出くわしたが、会釈する程度で言葉を交わすことはなかった。

千代丸の部屋に入ると、正室と一緒に真剣な顔をして話していた。

「九郎兵衛、待っておったぞ」

千代丸は嬉しそうな顔をする。

「さっそく、剣術の方を」

九郎兵衛が切り出すと、

「いよいよだな」

千代丸は立ち上がった。

ふたりが部屋を出ようとした時、

「松永殿、剣術の指南を終えたら、私のところまで来て頂けますか」

正室が九郎兵衛の背中に言った。

「承知致しました」

九郎兵衛は顔だけ振り向いて答えた。

それから、大広間に行き、縁側から庭に下りる。

竹刀は縁側に置いてあった。一本は三尺三寸（約百センチメートル）ほどのものだ。

で、もう一本は二尺九寸（約八十八センチメートル）ほどのものだ。

九郎兵衛は短い方を千代丸に渡した。その後に長い方を手に取る。

千代丸は興奮した様子で、竹刀をしっかりと摑み、素振りをした。まだ素人のような刀捌きであったが、体の軸はしっかりとしている。

「では、よろしくお願い致します」

九郎兵衛は頭を下げてから、刀の持ち方や構え方など基本から教えた。千代丸は一度言ったことはすぐに覚えた。

「以前に誰かから教わったことがあるのですか」

九郎兵衛は心から驚いてきいた。

「教わるほどでもないが、何度か見様見真似で刀は振ったことがあるが……」

千代丸はいたずらっぽく笑い、

「早く始めようぞ」

と、促した。

「では」

九郎兵衛は体の動きをわかりやすく見せるためにも、もろ肌脱ぎになって稽古を始めた。

休憩も挟まず、一刻（約二時間）ほどの指南で、千代丸の刀の構え方はそれなりに剣術を習い続けている者のように見えるほどになった。

終わる頃になると、二十歳そこそこの、面長で円（つぶ）らな目の女中が水差しと器や手拭いなどを持ってきてくれた。

「千代丸さまは剣がお好きですか」

九郎兵衛は手拭いで汗を拭いながらきいた。

「うむ。二年くらい前に蓑田玄葉という者がおって、その者の剣術がとにかく凄まじくて、それから好きになったのだ」

千代丸は水差しの水を器に移し、揚々と話した。

「蓑田玄葉ですか」

九郎兵衛は思わず繰り返した。

「なんだ、あの者のことを知っているのか」

千代丸は水をごくりと飲んでからきいた。

「名前だけは……」

「そうか。玄葉は沼津水野家の客将であったそうだが、お主と同じように浜町水野家にもやって来てくれたのだ」

「左様で」

「しかし、急に藩を去ったみたいで」

「藩を去った?」

藤島は蓑田玄葉は病に倒れたと言っていた。千代丸はそのことを知らされていないのか。それとも、蓑田玄葉は実は生きていて、藤島が嘘を吐いているのか。はたまた、藤島は玄葉が亡くなったと聞かされているだけなのだろうか。

「どうした、そんな突き詰めた顔をして。般若みたいだぞ」

千代丸がからかうように言った。

「申し訳ございませぬ。蓑田玄葉のことで、少し気になったことがあったので」

「気になった？」

「大したことではありませんので」

「そんなこと言わずに申してみよ」

千代丸がもう一度水を飲む。

心なしか、肌に赤味が現れたような気がした。

千代丸は喉を掻く。

九郎兵衛は水差しを見てから、はっとした。

「千代丸さま」

器にもう一度口を付けようとした千代丸を制止した。

「何だ」

千代丸は訳がわからず、目を丸くする。

「よろしいですか」

九郎兵衛は水差しの中を見た。色は濁っていない。次に手で扇ぐように嗅いでみた。わずかに、ニラのような臭いがした。

「水を飲まないでください」

九郎兵衛が言う。

「どうしてだ」

千代丸は不服そうだ。

「この水は腐っております」

「水が腐る？」

「はい」

「だが、さっき持って来てくれた水だ。井戸で汲んだばかりだろう」

「それはわかりませんが、発疹が出て、かゆみがあるでしょう」

九郎兵衛は、ずばり言った。

「そう言われてみれば」

千代丸は喉を掻きながら答える。

さっきより、肌の赤味が増した。

「すぐに医者を呼びましょう」

「心配し過ぎだ」

「いえ、万が一のことがあれば大変ですから」

九郎兵衛はその場に千代丸を残し、縁側から大広間に上がり、廊下に出た。それから、駆け足で安藤の部屋へ行った。

安藤はそこにおらず、屋敷の中を捜し回った。

廊下の途中で出くわした下級武士にきくと、さっき内蔵（うちくら）にいたと言われた。

九郎兵衛は内蔵まで案内してもらった。その者はすぐに去って行った。

安藤は何かを探しているようであったが、九郎兵衛の顔を見るなり、

「どうしたのだ」

と、表情を強張らせた。

「医者を呼んでください。千代丸さまが飲んだ水に、おそらく毒が」

九郎兵衛は声を抑えて言った。

「何だと？」

安藤は九郎兵衛に、千代丸を正室の部屋に連れて行くように指示してから、内蔵を飛び出した。

九郎兵衛は慌てて大広間に戻った。

千代丸の姿が見当たらない。

縁側に駆け寄る。

千代丸がうずくまっていた。

「九郎兵衛……」

声を出すのもやっとであった。

九郎兵衛は千代丸を抱き上げ、正室の部屋へ向かった。

正室は驚いていた。

九郎兵衛は千代丸を部屋の真ん中に横たわらせる。

「何があったのですか」

正室が詰まった声できく。

「おそらく、水に中(あた)ったのでしょう。さっき女中が持って来た」

九郎兵衛が答えると、正室は察したようであった。

「医者を呼ばねば」

「さっき安藤さまにお伝えしたので、すぐに来るでしょう」

そんなことを言っていると、黒の十徳を着た医者らしき六十くらいの男が安藤に連れられて入って来た。

医者は千代丸の枕元に座ると、瞳孔を確かめ、口を開けさせた。

「松永殿、いいか」

安藤が廊下の方を見た。ふたりは部屋を出て、数間離れた部屋に入る。

「詳しく教えてくれ」

安藤が言った。

九郎兵衛は面長で円らな目の女中から水差しを受け取って、それを千代丸が飲んだことを話した。

「面長で、円らな目……」

安藤が思い巡らせているようだった。

「その者にきいてみますか」

九郎兵衛が確かめる。

「それはわしの方でやる。お主はこのことを至急、牧野さまへ伝えに上屋敷へ戻ってくれ」

安藤が指示した。

九郎兵衛はすぐに浜町屋敷を出た。

五

四半刻（約三十分）も経たないうちに、九郎兵衛は上屋敷へ到着した。さすがに、額からは汗が流れ、肩で息をしていた。

門を入ったところで、深呼吸をしてから再び急ぎ足で家老屋敷へ上がり、牧野の部屋へ行った。

牧野は筆を執っていた。

九郎兵衛の異様さに何かを察知したようで、

「どうしたのだ」

と、きいてきた。

九郎兵衛は大まかに話して、

「今、医者に診てもらっております」

と、答えた。

「どの医者だ」

「名前は聞いていませんが、安藤さまがお連れしました」

「そうか。で、久米どのには知らせたのか」

「いえ、まだです。知らせて来ましょうか」

「いや、いい」

牧野は首を横に振った。

「久米さまに知らせなくていいのですか」

九郎兵衛はきいた。

「あの者は信用できぬ」

「どうしてでございますか」

「ある商家から賄賂を貰い、江戸における沼津の海産物の流通の仕事を流している」

「『鯰屋』でございますか」

「いや、違う」

牧野は否定したが、どこの商家かは言わなかった。

「すぐさま、浜町屋敷へ向かう」

牧野は立ち上がった。

「拙者はどうすればよろしいでしょう」

「付いて来なくても大丈夫だ」

「かしこまりました」

九郎兵衛は頷いた。

牧野は「よく気づいてくれた」と労い(ねぎら)の言葉を付け加えた。

九郎兵衛が庵に戻ると、庵の前で藤島が待っていた。

「ずっとここにいたのか」

九郎兵衛はきく。

「いえ、先ほど先生が帰って来るのが見えましたので」

藤島が答える。

「そうか」

九郎兵衛は中に入った。

「すごく慌てているご様子でしたが、何かございましたか」

藤島が顔を覗き込むようにしてきく。

「急いで牧野さまに伝えなければならないことがあったのでな」

九郎兵衛はそれだけに止め、対面に座った。

藤島は気になっている様子であったが、それ以上は話さずに、「それより、蓑田玄葉のことなのだが」と切り出した。

「千代丸さまは玄葉が亡くなったことを知らぬ様子であったが」

「左様にございますか。おそらく、伝えていなかったのでしょう」

「どうして、伝えないのだ」

「真意はわかりませぬが、千代丸さまは玄葉先生のことを慕っておりましたので、おそらく言うに言えなかったのではないでしょうか」

藤島が考えるようにして答える。

だが、九郎兵衛は納得できなかった。そこにも、何か裏があるはずではないかと疑ってしまう。

「しかし、誰かしらの口から、玄葉が亡くなったことは、千代丸さまの耳にも入るだろう」

「憚ったのではないでしょうか」

「どうして、憚る必要がある」

「玄葉先生は慕われておりましたので、影響を考慮して、その死はあまり知らせておりません」

「慕われていたのであれば、盛大に葬儀を執り行おうとするのではないのか」

「……」

「玄葉の死が普通ではないのか」

九郎兵衛は、ずばりきいた。

「いえ」

藤島が短く否定する。

「何を隠している」

九郎兵衛の声が重たくなる。

「……」

藤島は九郎兵衛をじっと見つめた。

「玄葉が亡くなったのはどういう訳だ」

「病気です」

「何の病気だ」

「そこまでは存じておりません」

「お主は蓑田と親しかったのだろう」

「はい」

「それでも、聞いておらぬのか」

「蓑田も父の死については話したくなかったのでしょうし、私もそのようなことについては聞くに聞けませんでした」

　藤島が答える。はぐらかしているように感じた。

「玄葉が死んだことは、千代丸さま以外は知っているな」

「はい」

「では、牧野さまや安藤さまにきいても、お主と同じ話をするな」

「それは……」

　藤島が言葉を詰まらせる。

「違うのか？」

　九郎兵衛は問い詰めるように、圧を掛ける。

「病死ではないのだな」

もう一度、問いただした。

「……はい」

藤島が小さな声で認めた。

「死因は何だったのだ」

「よくわかりませんが、毒殺だと思います」

「毒殺か」

九郎兵衛が繰り返すと、

「上屋敷の蔵の中で死んでいたようにございます。蔵の中がかなり荒れていたようです。そして、体中に掻きむしったあとがたくさんあったそうで」

藤島が付け加えた。

「誰に盛られたか見当はついているのか」

「いえ」

「本当か」

「はい……」

どこか、躊躇いがあった。

「誰だ」

「……」

「俺が信じられぬのか」

「そういうわけではありません。もし信じていないのであれば、こんなに正直に話しません。ただ、誰に聞かれているかわかりません」

九郎兵衛は目を瞑り、耳を澄ました。

風の音や、微かな虫の音、遠くから犬の鳴き声が聞こえてくるだけで、人の足音や息を殺す僅かな気配すら感じなかった。

「安心しろ。誰もいない」

九郎兵衛は、はっきりと言う。

それでも、藤島は不安そうな顔だ。

「では、きき方を変える。玄葉に揉め事はあったのか」

「殿さまに意見を申しておりました」

「どんなことだ」

「鮎屋権太夫が藩の権力を握ろうとしているのではないかと告げたんです。鮎屋がここまで藩政に入り込む要因となった牧野さまの責任も追及していたようです」

「それで、殿さまが怒ったのか」

「はい」

藤島は小さくはあるが、力強く頷く。

牧野左衛門が蓑田玄葉を排除しようとしたのだろうか。しかし、牧野がそのようなことをする人間だとは思えない。仮に玄葉を毒殺したとすれば、鮎屋に対しても同じ手を使えばいいではないか。

蓑田玄葉を殺した下手人はわからないが、毒殺だとすると、さっき千代丸を殺そうとした時と同じ手口かもしれない。

「ところで、蓑田玄葉の殺害と、倅の三郎が藩を去ったことは、何か関係があるのか」

「おそらく」

「どうして去ったのだ」

「無実の罪を着せられたのです」

「無実の罪というと？」

「千代丸さまを殺害しようとした罪です。当時、安藤さまが調べに当たっておられました。蓑田の仕業だと明らかな証しが出てきたわけではありませんが、関与した疑いがあるということで藩を追放になりました」

藤島が話した。

「蓑田三郎が藤木屋銀左衛門殺しの下手人ではないという証しはあるのか」

「いえ、ありません。ただ、下手人だという証しもございません」

「用心棒として雇われていた鯰屋に、酒の勢いで話したと」

「玄葉先生が鯰屋のことを批判していたのです。蓑田も同じ思いです。仮に藤木屋殺しの下手人だとして、どうして鯰屋に自白するのでしょうか」

藤島が淡々と説く。

(全て本当であれば、藤木屋殺しの真の下手人は他にいるに違いない)

しかし、未だに藤島のことを完全に信用出来ないでいた。

ここの藩の者を信じることはしない。

信じれば、必ず裏切られる。脳裏に旧友たちの姿が過った。

「松永先生は、真の下手人が誰か気にならないのですか」

藤島が問う。

「気にしたところで何になる。俺は全てを失ったのだ」

「いえ、真の下手人さえわかれば、また望む暮らしが戻って来るに違いありません」

「何も知らないから、そんなことが言える」

九郎兵衛は半ば吐き捨てるように言った。

「もしかしたら、このまま沼津水野家に仕官出来るかもしれません。その為にも、藤木屋殺しの真相を明らかにしましょう」

藤島が言い返す。

「お主に指図される謂(いわ)れはない」

九郎兵衛はムッとした。

それでも、藤島は引き下がらなかった。

「もし先生がその気になれば、藤木屋殺しも解決されるでしょう。そうすれば、蓑田三郎だって浮かばれるはずです」

「蓑田の為に、面倒なことに巻き込まれたくない」

「いえ、これが解決されなければ、もっと面倒なことが降りかかるかと思われます」

藤島の目は真剣そのものであった。

「まずお主の話を確かめてからだ」

九郎兵衛はとりあえずの言い訳で逃げた。

「ありがとうございます」

藤島はその言葉を重く受け止めたようで、しっかりと頭を下げた。

「では、本日はこれにて」

藤島は庵を出て行った。


翌日の夕過ぎ、九郎兵衛は稽古を終えると、牧野に断りを入れることなく、浜町屋敷へ向かった。

稽古の途中で通り雨があったからか、道はぬかるんでいた。

今日も途中で誰かに尾けられている気がした。何度か撒こうと思い、違う道を行ったり走ったりすると、気配はなくなった。

浜町屋敷に着くなり、安藤を訪ねた。だが、安藤は部屋におらず、屋敷内を捜し回ると、廊下で出くわした女中から内蔵にいることを教えてもらった。

九郎兵衛は内蔵に足を向けて歩こうとしたが、

「ちょっと待て」

振り返り、女中を呼び止めた。

「はい」

女中はびっくりしたように答えた。

「昨日、千代丸さまと稽古した時に水を運んで来た女中は誰だかわかるか」

九郎兵衛は訊ねる。

「ちょっと、わかりません」

「面長で、円らな目だった」

「さあ、どなたでしょうか……」

女中は思い出しているようだが、首を傾げた。

「ここに勤めてまだ日が浅いのか」

「三年ほどになります」

女中が答える。

顔を誤って覚えているのであろうか。だが、昨日のことであるし、はっきりとその顔を思い浮かべることができる。

「松永殿」

後ろから声を掛けられた。

振り返ると、安藤であった。やや驚いた顔をしている。

「牧野さまが何か？」

安藤は硬い表情できいた。その間に、女中は去っていった。

「いえ、少し気になったことがありましたので、こちらに来たまでです」

「勝手なことをしてもらっては困る」

安藤が苦い顔をする。

「こちらに来ることが勝手なことですか」

九郎兵衛は穏やかな口調できき返した。

「その通りじゃ」

安藤はじっと九郎兵衛を見て答える。

「どうしてでございますか」

九郎兵衛がきくと、

「わしの部屋まで来い」

安藤はそこでは話したがらなかった。

ふたりは移動する。

安藤の部屋に着いて、対面に腰を下ろすなり、

「お主があまりにも浜町屋敷へ来ると、よく思わない連中が出て来る。それどころか、牧野さまが何かを企んでいるのではないかと疑う者もいるだろう」

「しかし、千代丸さまを手にかけようとする者たちをけん制するには、拙者が来ていることがわかった方がいいのでは？」

「お主がそのようなことを考える必要はない」

安藤は斬りつけるように言った。

「拙者に隠していることでもあるのでございますか」

九郎兵衛は、思い切ってきいた。

「なぜ、そんなことを疑うのだ」

安藤は答えず、きき返した。

「疑っているわけではございませぬが」

「鯰屋から何か言われたのか」

「いえ」

九郎兵衛は首を横に振った。

「鯰屋には会っているのか」

安藤が口にする。

「会っておりませぬが」

なぜ、そんなことをきくのか。

問いただす間もなく、

「鯰屋には注意することだ」

安藤が言った。

「以前も仰っておりましたが、一応は心得ております」

「いや、わかっておらぬ」

「何をですか」

「鯰屋の恐ろしさだ」

「一体、鯰屋が沼津藩に何をしたというのですか」

九郎兵衛はこの機にきこうと思った。

「色々あり過ぎて、語り切れぬ」

「どれかひとつだけでもいいので、教えてくださいませぬか」

九郎兵衛は頼んだ。

だが、安藤が答えてくれることはなかった。蓑田玄葉のことにも言及しようとしたが、様子を見るためにも、あえて言わなかった。

「それより、何の用で来たのだ」

安藤が話題を変える。

「千代丸さまのことが気になりまして」

「すっかり回復なされたわけではないが、心配はいらない」

「それはよかった。毒は誰が盛ったのでしょう」

「おそらく、千代丸さまがいなくなれば得をする者だろう」

「それは誰ですか？」

「誰でもいい」

安藤は、はっきり答えなかった。

「そうだとして、実際に誰が入れたのでしょう」

九郎兵衛はさらにきいた。

「今、調べているところだ」

「怪しい者は？」

「色々といるが」

「昨日、水を運んだ女中は誰にございましょうや」

「それがわからぬのだ」

「わからないというのは？」

「皆、自分ではないと答える」

「拙者も先ほど、廊下で出くわした女中にきいてみましたが、拙者が見た特徴の女中は知らないと言われました」

「やはり、そうか。女中が口を揃えて、嘘を吐いているようには思えぬ」

「だとすると……」

九郎兵衛は、はっとした。

水を運んだ女は、ここの女中ではないのか。

「このことはまだ牧野さまにも言わないでもらいたい」

安藤が頼んで来た。

「牧野さまにも、ですか」

「ああ。あの方は、定かでないことを口にするとお怒りになるのでな」

「わかりました。千代丸さまにお会い出来ますか」

「いや、まだ二、三日は遠慮してもらおう」

安藤は首を横に振った。

九郎兵衛は諦めて引き上げた。

第三章　つながり

一

三日後、九郎兵衛は千代丸の様子を見に、浜町屋敷までやって来た。

門を入り、御殿ではなく家老の住まいへ向かう。政務を終え、帰宅しているはずだった。

玄関で若い侍に安藤への面会を求めた。

若い侍に案内されて、客間に通される。しばらくして、安藤がやって来た。九郎兵衛は低頭して迎えた。

「千代丸さまのご様子は？」

顔を上げ、九郎兵衛はまず訊ねた。

「もう回復なされた。会っていくか」

「その前に」

九郎兵衛は声をひそめ、

「千代丸さまに水を与えた女中から事情はおききになりましたか」

「まだだ」

「まだというのは？」

「今調べている最中だ」

安藤はこの話を避けるように、

「千代丸さまに会うのであろう」

と、言った。

「はい」

安藤は手を叩き、若い侍を呼んだ。

若い侍に耳打ちしてから、九郎兵衛に顔を向け、

「御殿の方に」

と、告げた。

「わかりました」

九郎兵衛は立ち上がった。

家老の住まいを出て、御殿の玄関に行く。そこに、近習（きんじゅ）の若い侍が控えていた。

「松永殿、先日は若君を救って頂き、ありがとうございました」

近習が礼をする。

「いえ、もう回復なされたようで」

九郎兵衛は答える。

「はい。もうお元気でいらっしゃいます」

近習の侍に案内されて奥御殿に行く。庭に面した部屋の前で近習は立ち止まった。

「千代丸さまは今学問の最中、しばしここでお待ちを」

と、部屋に入った。

隣の部屋からは千代丸の透き通る声が聞こえてきた。五経のひとつである『書経』を素読していた。

「この時刻でもお勉強を?」

九郎兵衛がきいた。

「はい、若君がなさりたいと仰いますので」

近習は答える。

やがて、素読の声が止まった。

「どうやら終わったようです」

近習はそう言い、

「若君、松永殿がお越しです」

と、声を掛けてから、襖を開けた。

九郎兵衛は低頭する。

「九郎兵衛か」

千代丸は嬉しそうに言い、

「入れ」

と、命じた。

九郎兵衛は中に入る。

大きな行灯があり、千代丸は見台の前に座っていた。横には文机（ふづくえ）があり、そこに硯や筆が置いてあった。奥の棚には古今の名著と言われる本が並べられていた。虫よけの為か、線香のようなにおいもする。

「九郎兵衛、この間は助かった」

向き合うなり、千代丸が口を開いた。

「いえ、拙者がお詫びをしなければなりません」

九郎兵衛は恐縮して答える。

「なぜ、お前が詫びを？」

「拙者が先に水を飲めば、千代丸さまが苦しむことはありませんでした」

「誰も水が腐っているとは思わぬ。それに、似たようなことは何度かある」

「何度か？」

九郎兵衛は引っ掛かった。

だが、千代丸はそのことには触れずに、

「気にするでない」

と、安心させるように言った。

「はっ」

九郎兵衛は頷いたが、近習の表情が余計に硬くなっているのが目の端に映った。

「今日は千代丸さまのご様子を伺いに参りました。お元気そうで、安心しました」

「お前のお陰だ」

「いえ、とんでもない」

「剣術の稽古をしてくれぬか」

「もうこんな時刻でございますが」

「いや、構わぬ」

千代丸が真顔で言った。

「お止(よ)しになった方が」

近習が口を挟む。

「いや、もう平気だ」

千代丸が即座に言い返す。

「しかし、養生するに越したことはありません。お医者さまにも言われておりませんか」

それでも、近習は止めようとする。

「ひとりの医者には安静にするように言われたが、もうひとりには一時のものだから症状が治まれば動いても構わないと言われている」

千代丸はしっかりとした声で答えてから、

「九郎兵衛、場所を移そう」

と、立ち上がった。

九郎兵衛は竹刀を持って、千代丸と縁側に出た。

近習も付いて来る。

「あとは拙者にお任せくだされ。何かありましたら、すぐにお声掛けしますので」

九郎兵衛は近習に言った。

近習は心配そうであったが、付いて来ることはなかった。

縁側から庭に下りた。

雨に濡れた苔が月明かりに照らされて光っていた。

足元が滑りやすかった。九郎兵衛でさえ、油断していると足を取られかねない。

注意を呼び掛けながら、一刻（約二時間）あまり稽古を付けた。半刻（約一時間）ほどで止めようとしたが、千代丸はもっとやろうと言い張った。九郎兵衛はそれに従った。

千代丸は以前教えたことを見事に覚えていて、教えていないことも習得していた。

「なかなかの才でございますな」

「わざわざ褒めることはない」

「いえ、世辞で言っているわけではございませぬ。こんなに習得が早いとは思いもしませんでした」

九郎兵衛は心から褒めた。

「そうか。玄葉のお陰だな」

千代丸が呟く。

「玄葉？」

「前にも言わなかったか？　蓑田玄葉だ」

「伺いましたが、その者のお陰というのは？」

「あの者が余のために、書を残してくれた。その中に、剣術についても書かれている。それを読んで学んだのだ」

千代丸はどこか誇らしげに答えた。どうして、書など残したのだろうかという疑問が湧いた。もしも、自分がこれから千代丸に教えるとなっても、書にはしないだろう。もしや、処罰されることを悟っていて、記しておきたかったのではないか。


「失礼ですが、それを見せて頂いても」

九郎兵衛はきいた。

「玄葉は誰にも見せてはならぬと。そう易々と見せるわけにはいかぬのだ。悪く思うな」

千代丸は眉を寄せて断った。子どもらしく、素直な感情が表れている一方、気の遣いようはさすがであった。

「ただ興味があっただけにございますから」

「気を悪くしないでくれ」

「いえ、どうぞ、お気になさらずに」

九郎兵衛は言った。

千代丸は断ったことを気にしているようであったが、急に吹っ切れたような目つきになる。

「まあ、少し目を通すくらいなら構わないだろう」

「え？　何がでございますか」

「玄葉の書だ。少し見せよう」

「よろしいのですか」

「ああ。お前にはなぜか気が許せる」

千代丸が笑顔を見せた。

そう言われて、久しぶりに温かい気持ちになった。誰を信じていいのかわからない中で、唯一、千代丸だけは本音で話してくれているようだ。

「付いて来い」

千代丸に連れられ、さっきの部屋に戻った。近習の者を呼んで、何事か囁いた。

近習の者が鍵を持って来た。

千代丸は鍵の掛かった木箱に鍵を差し込む。カチャッと音が鳴り、鍵が外れた。

中には、紺色の表紙の本があった。『人道鏡』と書かれている。

「これだ」

千代丸が取り出して言った。

九郎兵衛は両手で受け取った。

「これはわしに書き残してくれたものだが、未完なのだ」

「未完？」

「おそらく、玄葉は書いている途中で何かしらの事情があって、水野家を去ることになった。だから、書き切れなかったのだろう。これは、玄葉が暮らしていた本家沼津水野家の上屋敷の長屋に置かれていたそうで、倅の三郎という者が届けてくれた」

千代丸は遠い目をして答えた。

「蓑田三郎が……」

九郎兵衛は思わず繰り返した。

「あの者のことを知っているのか」

千代丸がどこか嬉しそうにきいてくる。

「会ったことはございませんが、名前だけは」

「そうか。上屋敷に戻ったら、久しぶりに会いたいと伝えてくれ」

千代丸が無邪気に言う。

「はい」

九郎兵衛は複雑な気持ちで、小さく頷いた。

一年前に蓑田三郎が藩を去ったことも、ましてや藤木屋銀左衛門殺しの真の下手人として扱われていることも知らないのだ。

だが、どうして千代丸は本当のことを知らないのだろう。周りにいる者たちは蓑田玄葉のことや倅の三郎のことを、なぜ隠し立てするのか。

「蓑田三郎がこちらに来たことがあるのですか」

「玄葉がいなくなってから時々来ていた。ある時から突然来なくなったので心配していたのだ。安藤にきいても、わからないと言うばかりで……」

千代丸は首を横に振り、

「まあ、そんなことはどうでもよい。読んでみよ」

と、促した。

九郎兵衛は表紙を捲った。

最初の文は、人間はいつ何時どんなことが起こるのかわからないので、書に残しておきたいと、丁寧な字で書いてあった。玄葉の厳格そうな人となりが見える。

しばらく読むと、剣術についての内容となった。それが、全体の半分以上を占めていた。

後ろの方には剣術とは離れて、人としての心得が書かれていた。

一丁（ちょう）ずつ捲っていくうちに、藤木屋銀左衛門という文字が出てきた。

九郎兵衛は思わず目を見張った。

千代丸に目を向けると厳しい表情をしていた。

「実は、そなたにこれを見てもらいたかったのだ」

千代丸が小さな声で言う。

蠣蠣（れいれい）世の中には、己の利益のために従順を装いながら近づいてくる輩（やから）も多い。

この手の者は信用出来ないから十分に気をつけて付き合うべきである。

それに続いた一文に藤木屋の名が出てきたのである。

蠣蠣　たとえば、藤木屋銀左衛門のような男である……。

だが、そこで途切れている。中途半端な終わり方であった。

「この藤木屋というのは？」

九郎兵衛がきいた。

「駿河町の呉服問屋だ」

「どうして、玄葉殿は藤木屋を警戒しているのでしょう」

「わからぬな。倅の三郎に藤木屋についてききたいと思っているが、一向に来ない。だから、そなたに相談してみたかったのだ。三郎に会ったら、そのことをきいてくれ」

千代丸は言った。

九郎兵衛は『人道鏡』を閉じて、千代丸に返した。

近習が戻って来て、

「安藤さまが千代丸さまにお会いしたいようです」

と、告げた。

「そうか。なら、すぐに余の部屋まで来るように伝えてくれ」

千代丸は命じる。

「はい」

近習は急ぎ足で去って行く。

千代丸は九郎兵衛に顔を向け、

「次はいつ来てくれるのだ」

と、きいた。

「牧野さまにきいてみなければわかりませぬが、数日以内に来られるように掛け合ってみます」

九郎兵衛は約束した。

「数日か。牧野は厄介だからな」

千代丸がため息を吐く。

「厄介？」

「少し面倒なところがあるだろう。堅物というか、何を考えているのかわからないところ。それでいて、やけに口うるさいのだ」

千代丸は愚痴をこぼし、

「ともかく、頼むぞ」

と、真剣な目で言った。

浜町水野家を出ると、低いところにある月には雲がかかっていた。九郎兵衛は芝神明町の『鯰屋』へ向けて歩いていた。愛宕下辺りで雲間から月が顔を現した。月明かりが九郎兵衛を照らし、影は長く伸びていた。

また誰かに後を尾けられている気がしてならなかった。何度か振り返ったが、相手は姿を現さなかった。

九郎兵衛は『鯰屋』の裏口から入った。

「誰かおらぬか」

声を上げると、手代がやって来て、何も言わずに奥の部屋へ案内してくれた。

九郎兵衛が座って待っていると、すぐに権太夫がやって来た。酒を吞んでいたのか、ほんのり顔が赤かった。

目の前に腰を下ろすや否や、

「何か動きがありましたかな」

権太夫がむっつりした顔できいた。

「沼津水野家はいつも通りだが、浜町水野家の次男、千代丸さまが毒殺されかけた」

　九郎兵衛は切り出した。

「えっ……」

　権太夫は驚いたように声を上げ、

「いつの話ですか」

　と、きいてきた。

「四日前だ。稽古終わりに女中が持って来た水を飲んでから、急に喉を掻きむしって苦しみ出した。すぐに医者を呼んでもらい、手当てをしてもらったので命に別状はなかった。さっきも、剣術の稽古をしてきたところだ」

「そうでしたか……」

　権太夫は考えるような顔をしながら呟いた。

「おかしなことに、水差しを持ってきた女中を屋敷の者は誰も知らないのだ」

　九郎兵衛は言った。

「ということは、何者かが女中に成りすましまして……」

　権太夫がきく。

「おそらく」

九郎兵衛は頷いた。

権太夫は腕を組み、難しい顔で唸（うな）った。

「ところで、蓑田三郎の父、蓑田玄葉のことは知っているな」

九郎兵衛は決めつけた。

「ええ」

権太夫は短く答える。

「玄葉は沼津水野家の客将だな」

「そうです」

「牧野さまが作った組で、俺より前に剣術を教えていたそうだな」

「そのようです。玄葉先生は甲州（こうしゅう）流軍学を学び、若くして秀才と目され、各藩に呼ばれて教えていました。十年前、沼津水野家が先生を迎え入れました。五年ほど教えて、もうお役御免になりそうな時に、牧野さまが私費で雇うことにしたそうです」

権太夫は淡々と語った。

「お前と玄葉は揉めていたようだな」

「揉めているというと語弊がございます」

「語弊？」

「まるで、仲違いをしていたかのような」

「違うのか？」

「ええ、ただ意見が違っていただけで、特に互いのことをどうこうというわけではありません」

権太夫はきっぱりと否定した。

九郎兵衛は話半ばで聞き、

「玄葉が水野家を去ったのはどういうわけだ」

と、きいた。

「私にもわかりません」

「牧野さまは何も言わなかったのか」

「はい」

「だが、俺を新たに迎え入れることになった時は、お前が協力している。牧野さまとはそういう間柄なのに、玄葉については何も知らされなかったと？」

九郎兵衛が問い詰める。

「ええ、都合の良い時だけ、用件を言い付けられるのです」

権太夫はあっさり言い、嫌味には聞こえなかった。

鯰屋は藩に対して財政の支援をしているらしい。それをてこにいつか藩の人事にも口を出してくるようになるかもしれない。それで、牧野は鯰屋を警戒し出したとも考えられる。

真の下手人が見つかったとはいえ、鯰屋は九郎兵衛を牢から出すことが出来るほどの男である。裏で権力のある者と繋がっていなければ出来ない。

そのことで気になることがある。藤島は、蓑田三郎は真の下手人ではないと言っていた。誰が正しくて、誰が偽りを述べているのか。

そのことを気にしながら、

「倅の三郎のことだが」

と、九郎兵衛は改まった声で言った。

「三郎さまが水野家を去られたわけは、私は存じ上げません」

　権太夫はこちらが切り出す前に言い、

「ただ、玄葉先生とはお付き合いがありましたので、どこか仕官先が見つかるまでは、『鯱屋』で用心棒を頼もうということになりました」

「藤木屋を殺したのは本当に蓑田三郎なのか」

「はい。本人が仰っていましたから」

「何らかの理由で、偽りを述べていたということは？」

「なんで、そのようなことで偽りを言いましょうや」

「蓑田三郎を庇おうとは思わなかったのか」

「なんでそんなことをしましょう。もしも後で三郎さまが下手人だとわかった時、どんなお咎(とが)めを受けるかわかりません」

「だが、俺が下手人として捕まっている限り、お前が言い出さなければ、真相は闇に葬られたままであっただろう」

　九郎兵衛が真っすぐな目で権太夫を見る。

　権太夫は余裕の笑みを浮かべて、

「真相を知ってしまった以上は、いくら三郎さまでも、うちで雇っておくわけにはいきません。それなら、正直にお奉行さまに訴えた方がよろしいでしょう」

と、答える。

「まだわからぬな……」

九郎兵衛は首を傾げた。

「何がわからないのでございますか」

権太夫がきく。

「俺が捕まった時のことを振り返ると、どうも仕組まれていた気がするのだ」

「仕組まれたと仰いますと？」

「韋駄天の半次という仲間にいきなり革の巾着を渡されたと思ったら、すぐに同心に取り囲まれた。それで、自身番に連れて行かれて、神田小僧と共謀して、『藤木屋』に押し入り、銀左衛門を殺した上で金を奪ったことにされた」

「それは半次という男が松永さまをはめただけではないのですか」

「いや、そんなはずはない。裏に誰かがいるはずだ」

九郎兵衛は言い切った。

「でも、そんなことは今さらどうでも良いではありませんか」

「良くないから言っているのだ」

「どうしてです？」

「もしや、お前が俺をはめたのではないかとも思っている」

九郎兵衛が決め込んで言った。

「私が？　まさか」

権太夫は苦笑いをして、

「そんなことをして、私に何の得があるというのですか」

と、言い返した。

「……」

九郎兵衛は答えられなかった。

二

それから、十日ほど経った。

道場の方では変わりはなかった。藤島は時折遅れて来るが、おかしな動きはない。

夜に庵に来ることもなかった。

ただ、牧野は藤島への警戒を強めていた。九郎兵衛に、「何か怪しい動きがあれば、すぐに報せてくれ」と言ってきた。

九郎兵衛が訳をきいても、牧野はいつものように仏頂面で答えてくれなかった。

浜町屋敷へは一度行った。千代丸からもっと来てくれと言われたが、牧野の許可がないとなかなか行けないことを伝えた。千代丸は安藤を通じて、牧野に頼んでいるらしいが、牧野はそのことについて何も言ってこない。初めは浜町屋敷へ行けと言ったのに、頻度が増えるのを嫌がっているのであろうか。

浜町水野家の家老、安藤は千代丸の毒殺未遂があってからというもの、どことなく九郎兵衛を訝しい目で見ているようであった。だが、安藤は九郎兵衛に直接何か言ってくるわけではなかった。

暮れ六つ（午後六時）の稽古終わり、牧野に呼ばれていたので家老屋敷の母屋へ行くと、玄関で背の高い、きりっとした目つきの三十歳ぐらいの商人と出くわした。

初めて会うにも拘らず、

「これは松永さま」

と、相手は頭を下げてきた。

「待て」

九郎兵衛は咄嗟に呼び止めた。

「はい？」

商人はぎくりとして、振り向く。

「どうして、俺のことを知っているのだ」

九郎兵衛がきいた。

「それは……」

商人は口ごもった。

その時、廊下に足音が聞こえ、牧野が現れた。

「どうしたのだ」

牧野が九郎兵衛に言った。

「いえ、この者が拙者の名前を知っていたので」

「わしが話したからだ」

「牧野さまが？」

九郎兵衛がきき返す。

「まあ、よいではないか」

牧野が取りなして、商人は一礼して出て行った。

九郎兵衛は奥の部屋に通される。

「あの商人は何者なんですか」

「日本橋の呉服屋だ。胴着を作ろうと思って呼んでいたのだ」

牧野が軽く説明し、

「それより、藤島はどうだ」

と、話を変えた。

「特に変わりはありません」

「だが、相変わらず遅刻が多いようだな」

牧野が言う。

「ええ、でもそれほど大幅に遅れるようなことはありませんが」

「なぜ遅刻をするのか、確かめたか」

「いえ」

「長屋には行ってみたか」

「行きましたが」

「いなかったであろう」

牧野は口元を歪め、

「藤島は上屋敷を出て、外で何かをしているのだ」

「……」

藤島は蓑田三郎を捜しているのではないかと思った。

「なぜ、そのことを問い詰めようとしないのだ？」

「私がそこまでするのは……」

「そのような生ぬるい気持ちがいけない。他の者にはもっと厳しく鍛えるのだ」

牧野は力んで言い、

「藤島には組を辞めてもらうことにする」

「辞めさせる？」

九郎兵衛は驚いてきく。

牧野は、

「そうだ。今お主に鍛えてもらっている者たちは、いずれ殿のおそばに仕えるようになる。だが、藤島のように勝手気ままな者はふさわしくない。藤島に組を辞めてもらうと告げてくれ」

と、命じた。

「えっ？　拙者が？」

「そうだ」

「拙者はただ剣術を教えるだけで、そんな権限はないかと……」

「いや、お主が言うのが良い。他の者たちにも、真面目に稽古をしないと辞めさせられる羽目になるという戒めにもなる」

「組を作った牧野さまからお伝えした方がよろしいのではないでしょうか」

「お主の方が良い」

牧野は譲らなかった。悪者になりたくないのだろうか。それに、藤島を辞めさせる理由は遅刻以外にも何かありそうだ。

「しかと、伝えるのだぞ」

牧野は釘を刺した。

「……」

九郎兵衛は無言で頷く。

家老屋敷を出ると、長屋へ向かった。

だが、藤島は外出しているようであった。

門番に藤島を見かけなかったかきいてみると、半蔵門の方に向かったと言っていた。

九郎兵衛は藤島を捜そうかとも考えたが、行く当てもわからないので、諦めて『鯰屋』へ向かうことにした。

鯰屋権太夫は今宵、九郎兵衛が来ることを察していたのか、酒を用意して待っていた。九郎兵衛は断ったが、しつこく勧めてくるので、一杯だけ付き合った。

「牧野さまが藤島新五郎を辞めさせたがっている。遅刻が目立つということを理由にしているが……」

九郎兵衛は二杯目を断って言った。

「藤島さまと牧野さまは何か揉め事でも？」

「俺が知る限りはない。だが、藤島が変な動きをしたら報せてくれだとか、警戒をしていることは確かだ」

「何を警戒しているのでしょうね……」

鯰屋は首を傾げた。

「警戒することがあるとは思えんのだが」

九郎兵衛は答えた。

権太夫は考えるような目つきになった。

「何か思い当たる節でも？」

九郎兵衛がきいた。

「いえ」

権太夫は短く否定する。権太夫とて何を企んでいるのかわからない。牧野と権太夫は、上辺は仲が良さそうだが、互いに警戒しているようだ。ふと藤木屋銀左衛門殺しが原因かと思ったが、そのことがどうふたりに絡んでいるのかわからない。

「そうだ、家老屋敷に出入りしている商人が俺のことを知っていた」

九郎兵衛は思い出して口にした。

「家老屋敷に出入り？　誰でしょうな」

「日本橋の呉服屋としか答えてくれなかった」

「日本橋の呉服屋……」

権太夫は繰り返してから、

「どんな男でしたか」

と、きいてきた。

「背が高くて、目がきりっとしていて、三十くらいの男だ」

「なるほど」

「誰か思い当たるのか」

「いえ」

九郎兵衛が思い当たる節をきくと、権太夫は必ず否定する。しかし、今の場合は隠し事をしているというよりも、咄嗟に出て来る、つまり権太夫の癖ではないかと思った。

「本当はわかるのだろう」

九郎兵衛が決めつけるように言った。

権太夫は少し考え、

「確信は持てませんが、おそらく『藤木屋』の者かと」

と、言った。

「『藤木屋』というと、あの？」

九郎兵衛はきき返した。

「そうです。あの藤木屋銀左衛門の店です」

「沼津水野家とは繋がっているのか」

「どうなっているのかはわかりません。しかし、水野の殿さまは『藤木屋』を贔屓にしているそうです」

「何、殿さまが？」

九郎兵衛は声を上げ、

「どうして、そのことを初めに教えてくれなかったのだ」

と、軽く叱責するように言った。

藤木屋銀左衛門が殺され、その下手人に九郎兵衛が仕立てられた。真の下手人は蓑田三郎だということだが、藤島はそのことに疑問を持っている。

さらに、蓑田玄葉が千代丸に残した書には藤木屋銀左衛門のことに触れてあった。『藤木屋』が沼津水野家に関わりがあるとは思っていたが、殿さまが『藤木屋』を贔屓にしているとは……。

「もし、そうとわかれば、松永さまは面倒なことに巻き込まれかねないと、私の依頼自体も断っていたでしょう。だから、隠していたのです。悪気があったわけではございませんので、ご容赦を」

権太夫は言葉だけはちゃんと謝っているが、心がこもっていなかった。

「なぜ、殿さまは『藤木屋』を贔屓にしているのだ？」

「さあ、そこまではわかりません」

「沼津水野家は『藤木屋』からも金を借りているのか」

「さあ、どうでしょうか。そこは牧野さまにお訊ねください」

権太夫は逃げた。

「いずれにせよ、面倒なことには変わりない。早く知らせてくれたら、見方が変わったものの……」

九郎兵衛は畳の一点を見つめながら言った。

蓑田三郎は藤木屋銀左衛門殺しの真の下手人とされている。藤島は蓑田は下手人ではないと言い張っているが、水野の殿さまと藤木屋銀左衛門は関わりがあったのだ。藤木屋銀左衛門殺しは沼津水野家の問題があるために起こったのではないだろうか。

藤島は蓑田の潔白を明らかにしようと動いている。牧野は藤島をなぜか警戒している。そして、組を辞めさせようともしている。藤島が動いている理由を知っているからなのではないか。

だとすると、藤木屋銀左衛門殺しに牧野が関わっているのだろうか。

九郎兵衛は頭の中で目まぐるしく考えていた。

「藤木屋銀左衛門について教えてくれ」

九郎兵衛は権太夫をじっと見つめてきいた。

「あまりよく知りませんが」

権太夫は前置きをする。

「知っている限りで構わない。どのような奴なんだ」

九郎兵衛は構わずきいた。

「『藤木屋』は日本橋駿河町で三代続く呉服問屋です。殺された銀左衛門は先代の娘婿だったようで、元々『藤木屋』で奉公をしていました。商売の腕を買われ、婿養子の話が出てきたそうです。銀左衛門の代になってから、『藤木屋』はどこかの旗本の御用商人になったようで、益々店を大きくしていきました」

権太夫は九郎兵衛の顔を窺いながら語った。

「銀左衛門を殺すことによって、沼津水野家にはどのような影響があるのだ」

九郎兵衛がきく。

「わかりません。そんなに影響はないかもしれませんが、もし資金調達で沼津水野家の藩政に深く入り込むことを狙っていたのだとしたら……」

権太夫は考えるような目つきになる。

「つまり、『鯰屋』のようになるということか？」

九郎兵衛は遠慮せずにきいた。

「私どもはそこまで藩政には関わっておりません。ただ、お金を用立てているのみ」

権太夫は引きつった笑顔で、曖昧に答えた。

「銀左衛門が殺されたと知った時、お前はどう思った？」

九郎兵衛はさらにきいた。

「どうといいますと？」

権太夫がわざとらしく首を傾げる。

「お前にとってはいいことではないのか？」

「どうしてです？」

「もしも、『藤木屋』が大金を貸すようになったら、『鯰屋』の立場が奪われるのではないか」

「いいえ、私どもは金を貸しているだけですので」

権太夫は大きく首を横に振る。

「では、藤木屋が殺されたことと、水野の殿さまが贔屓にしていること、そして俺が沼津水野家に遣わされたことは全て偶然だというのだな？」

九郎兵衛は並べ立てた。

「はい、全くの偶然にございます」

権太夫は迷うこともなく、即座に答えた。

「どうも俺には、何か裏があるのではないかと思えて仕方がない」

九郎兵衛は腕を組みながら、首を傾げた。

「これだけ重なれば、そう思われるのも当然かもしれませんね」

権太夫は素直に言ってから、

「しかし、裏などございません」

と、きっぱりと言った。

だが、九郎兵衛は素直には信じられない。

「お前が俺を牢から出そうとしたのはどうしてだ」

九郎兵衛は改めてきいた。

「以前もお話ししたので、ご存じのはず」

「いいから、もう一度言ってくれ」

「はい……」

権太夫は訝しげに頷いてから、

「蓑田三郎が、実は自分がやったと酒に酔った勢いで口にしたのです。それで、お奉行に訴え出た次第にございます」

と、以前と同じ話をした。

九郎兵衛の疑念は再び燃えた。

「蓑田三郎のことだが」

手始めにきいた。

「ええ」

権太夫が軽く頷く。

「藤島がな……」

言いかけて、口を閉ざした。蓑田が下手人ではないと語っていたことを伝えようか迷った。

「藤島さまがどうかしたのですか？」

権太夫が顔を覗き込むようにしてきいた。

九郎兵衛は少し考えた挙句、

「その前に、お前と牧野さまの関係を教えてくれ」

と、言った。

「どういうことです？　私はただ大名貸しをしているだけで、牧野さまはそこの江戸家老……」

「それだけか」

「はい」

権太夫は頷く。

「以前に揉め事などは？」

「ございません」

「牧野さまのことをどう思っているのだ」

「特にどうということはありませんが」

「しかし、俺に牧野さまのことを探らせているな」

「それはただ気になるからで」

「何が気になるのだ」

「それは、松永さまが知るべきことではありません」

「いや、教えて欲しい」

「どうしてです？」

「牧野さまもお前のことをどこか警戒しているようだからだ」

「板挟みになるのが嫌だと？」

「今さらそんなことはどうでもいい。俺はただお前から与えられた仕事をするだけだ。だが、このごたごたが、藤木屋銀左衛門殺しとも結びついているとなれば、俺にも関係してくる話だ」

九郎兵衛は捲し立てるように言った。

権太夫は目を逸らさずに、相槌を打ちながら聞いていた。

間が出来た。

外から虫の音が聞こえてくる。

「では、正直に申し上げましょう」

権太夫は酒を一杯飲んでから、

「牧野さまには『鯰屋』との関係を断とうという動きがあります。だから、松永さまに探らせているのでございます」

と、真剣な眼差しで、静かな声で答えた。

「関係を断つとはどういうことだ？」

「資金の調達先を『鯰屋』から『藤木屋』に替えるということです」

「お前は沼津水野家との関係を断たれたくないのか」

「いえ、先方がそのつもりなら、それは致しかたないこと。しかし、その場合、今までに貸したお金は全て返済して頂かなければなりません」

「『鯰屋』から『藤木屋』に乗り換えるなら返済するのは当然の話だ。どうせ、『藤木屋』が返済するのだろう」

「『藤木屋』さんにそれだけの財力があるかどうか。私どもが貸している金を返済した上に、新たに貸し出す金も必要です」

「そうだな」

「私が心配しているのは貸した金を踏み倒されることです。ちゃんと返済してくだされば、いつでも沼津水野家と縁を切ります」

「そうか」

　九郎兵衛は頷いた。

「それで、藤島さまの件は？」

　権太夫が身を乗り出すようにしてきいてくる。

「そうだったな」

九郎兵衛は自分が藤島のことを話そうとしていたことを思い出した。

「藤島は真の下手人が蓑田三郎ではないと思い込んでいる」

九郎兵衛は正直に答えた。

「どうしてでしょう」

「蓑田三郎が藤木屋を殺す理由がないからではないか。それと、蓑田三郎がお前に雇われるはずはないと思っているのだろう」

「どうしてないと？」

「その前に、父親の蓑田玄葉の話をしていた。玄葉はお前が沼津水野家で権力を握ろうとしていると考えていたようだな。それを懸念していると、殿さまに告げて、揉め事になったそうだな」

「その話は少し違います」

権太夫は否定する。

「どう違うのだ」

九郎兵衛がきいた。

「玄葉先生は私自身を問題にしていたのではなく、藩の財政をひとつの商家から借りている金で賄っていることを懸念していたのです。そのことを殿さまに言って、揉め事になったかもしれませんが、それは私は知りません」

権太夫がきっぱりと言い、

「先ほども申しましたように、私は藩政に深く関わろうなどとは思ってもいません。そのことは殿さまとてご承知のはず。蓑田玄葉の話は腑に落ちません」

藤島と権太夫、どちらの言うことが正しいのかわからない。

「色々な噂がある。蓑田三郎は千代丸さまを殺そうとして藩を追放させられたとも」

「そのことについても存じておりません。しかし、千代丸さまを殺そうとして失敗したなら、普通であれば打ち首になるのでは？」

権太夫が言い返す。

「……」

九郎兵衛は何とも答えられなかった。

藤木屋銀左衛門や、蓑田三郎のことは聞くことが出来たものの、まだ何も摑めない状況にもやもやしていた。

三

翌日の昼の休憩に、九郎兵衛は明智を呼び止めた。明智は嫌な顔をせずに、九郎兵衛の庵まで付いて来た。

周囲の者は何事だろうと、噂話をしていた。だが、ひとり藤島だけが九郎兵衛に突き刺さるような目をくれたのに気づいた。

庵の部屋で向かい合って座るなり、

「蓑田三郎という者を知っているか」

と、九郎兵衛は切り出した。

「ええ……」

明智は困惑したように頷く。

「元々、お前たちと同じように剣術の稽古をしていた者だな」

「左様にございます」

「いつ藩を去ったのだ」

「一年ほど前です」

「どうして、去ったのだ」

「……」

「どうした、何でもいいから話してくれ」

九郎兵衛は柔らかな声で促した。しかし、明智は答えようとはしなかった。

「ある噂では、千代丸さまを殺そうとしたとか」

九郎兵衛が小さく、重たい声で言った。

明智は目を剝いて、

「松永先生が沼津水野家に来た本当の理由は、そのことを確かめるためですか」

と、きいてきた。

どうして、そんなことを気にするのか。藤島と同様に、蓑田を庇おうとでもしているのだろうか。

そんなことを思いながら、九郎兵衛はその問い掛けには答えず、

「どうして、蓑田は殺そうとした？　千代丸さまに何か恨みでもあったのか」

と、きいた。

「わかりません」

明智は微かに震える声で答える。

「何か隠しているのか」

九郎兵衛は問い詰めるようにきいた。

「いえ……」

明智の声は未だ震えていた。

「言っておくが、俺はこの件を調べているわけではない。ただ、蓑田がどうして藩を追放されたのかが知りたいだけだ」

と、しっかりと目を見て告げた。

少し間があってから、

「蓑田が千代丸さまを殺そうとしたというのは、私も後々聞いた話です。当初は病気になったとしか聞いていませんでした」

「病気に……」

九郎兵衛は繰り返し、

「蓑田のその後については知っているか」

と、訊ねた。

「浪人になり、『鯰屋』の用心棒になったとか」

「それだけか」

「あとは、噂程度しかありませんが……」

「いいから言ってみろ」

九郎兵衛が促した。

「ある殺しの下手人になったと」

明智は言いにくそうに答えた。

「そうだ。藤木屋銀左衛門殺しだ」

九郎兵衛が教えた。

「松永先生は藤木屋をご存じで？」

明智が驚いたようにきく。

「ああ。そういうお前こそ、藤木屋のことを知っているのか」

「殿さまが贔屓にしておりますので、名前くらいは……」

「なぜ、殿さまは藤木屋を贔屓にしているのだ？」

「そこまではわかりません」

「そうか。他に藤木屋の噂など聞いていないか」

九郎兵衛がきいた。

「いえ、私は知りません」

明智は首を横に振る。

「そうか」

九郎兵衛は頷いてから、

「ところで、蓑田は牧野さまに気に入られていたか」

と、きいた。

「いえ、むしろ嫌われていたと思います」

「どうして、牧野さまに嫌われていたのだ」

「わかりませんが、牧野さまが稽古の時の態度が悪いと言っていました」

「何、態度が悪いだと？」

藤島と同じである。

とすると、蓑田が辞めさせられたわけは、藤島と同じになるが……。

藤島も蓑田が辞めさせられた訳を知っていただろう。今度は自分が辞めさせられると察しているのだろうか。

「わかった。色々聞いてすまなかった」

九郎兵衛は明智を帰した。

明智は逃げるように庵を出て行った。

間をおいて庵を出ると、藤島が立っていた。九郎兵衛のことを待っていたのか。

藤島が近づいてくる。

九郎兵衛は目で合図して、藤島を庵に入れた。

「先ほど、明智と話していたようですが」

藤島から切り出した。

やはり、気になっていたのだ。

「少しききたいことがあったのだ」

「どのようなことでしょう」

藤島はむきになってきいてきた。

「たいしたことではない」

「本当にございますか？」

藤島は気にしていた。

「ああ、本当だ」

九郎兵衛は信用させるために、大きく頷き、

「それより、蓑田三郎のことだが」

と、言った。

「はい」

藤島が返事をする。

「お前は蓑田三郎が藤木屋銀左衛門殺しの下手人ではないと思っているのだな」

「そうです」

「真の下手人が誰なのか見当はつかないのか」

「わかりません」

「沼津水野家の者だと思うか」

九郎兵衛は目をじっと見つめてきいた。

「いえ、それは……」

藤島が口ごもる。

「俺も藤木屋銀左衛門殺しで捕まった身だ。もし、蓑田三郎が真の下手人でないのだとしたら、汚名をそそいでやりたい。何か力になってやりたいが、お主はまだ隠していることがあるな」

「……」

「それを教えてもらわなければ、力にはなれぬ」

九郎兵衛がきっぱりと言う。

「私は先生を騙すつもりはございません。ただ、口にすることが出来ないことがございますので」

藤島は苦しそうな顔をした。

「お主の立場もわかる」

九郎兵衛は同情した上で、

「藤木屋銀左衛門は殿さまが贔屓にしていた商人だな」

と、確かめた。

「はい」

藤島が頷く。

「殿さまと藤木屋の間に、何か揉め事があったようなことはないのか」

「ないと思います」

「牧野さまと藤木屋はどうだ」

九郎兵衛が口にすると、藤島の眉が微かに動いた。

「お主は牧野さまのことを何か調べているのではないか」

九郎兵衛がさらにきいた。

「それは……」

後に続く言葉はなかった。

「よく遅刻をしていたな。そして、外出をしている。蓑田三郎の無実を明らかにするために歩き回っているのか」

「……」

藤島は答えようとしなかった。

「蓑田三郎は稽古の時の態度が悪いということで道場を辞めさせられたそうだ。あまり目立った動きはするなよ」

九郎兵衛は牧野に命じられたが、藤島を辞めさせることはしなかった。

翌日の朝、道場に藤島の姿はなかった。少し気になりつつも、時刻になったので稽古を始めた。藤島は昼になっても現れなかった。

昨日あれほど言ったのにと、九郎兵衛は腹立たしい思いで長屋へ行った。藤島の部屋に藩士たちが出入りをしてた。何か騒然としている。

九郎兵衛は土間から出てきた藩士に声をかけた。

「何かあったのか」

「藤島が死んだ」

「今、何と？」

九郎兵衛はきき返した。

「藤島が三味線堀で死んだんだ」

「ばかな」

九郎兵衛は土間に入った。

部屋に上がる。逆さ屏風（びょうぶ）を前に、亡骸（なきがら）が横たわっていた。顔に白い布がかけられている。経机の上で線香が煙を上げていた。

「失礼する」

ふとんのそばにいた組頭らしい侍に声を掛け、九郎兵衛はふとんのそばに行った。

手を合わせた後、顔に近づき、覆ってある白い布をとった。まぎれもなく藤島だった。

「藤島」

九郎兵衛は思わず声を掛けた。

「なぜ、こんなことに」

「道場の松永九郎兵衛殿でござるな」

組頭らしい侍が声をかける。

「そうです、藤島に何があったのでしょうか」

「今朝の五つ（午前八時）頃、通りかかった職人が堀に浮かんでいる死体を見つけ、辻番所に届け出た。同心や岡っ引きも駆けつけ、死体を引き揚げた。後頭部が陥没していたが、堀に落ちた際に石にぶつけたものか、あるいは何者かに殴られたのか」

組頭らしい侍は説明した。

「南町の関小十郎という同心が言うには、事故か自殺か、あるいは殺されたかはわからないそうだ」

と、付け加えた。

「南町の関小十郎ですか」

「知っているのか」

「はい」

「関殿が調べているそうだ」

「藤島が頭を殴られるなんて信じられません。ましてや、自殺などはしないはずです」

九郎兵衛はやりきれないように言い、線香を上げて引き揚げた。

長屋を出て、道場に戻ろうとした時、牧野がやって来るのが目に入った。

九郎兵衛は牧野を待った。牧野が近づいてきた。

「藤島が亡くなりました」

九郎兵衛は言う。

「うむ、知らせは受けておる」

牧野は眉根を寄せて言う。

「自ら命を落としたのか、それとも足を滑らせて落ちたのか、あるいは殺されたのかは、まだわからないそうです」

九郎兵衛は組頭らしい侍から聞いた話をした。

「自ら命を落としたのではないか」

牧野が厳しい表情で言う。

「いえ、藤島に死ぬ理由はありません」

九郎兵衛が言い返した。

「お主が組を辞めさせたことで、生きる張りを失ったのかもしれぬ。自ら命を落としたのではないか」

牧野がぽつりと言った。

「藤島は自害などしません。それに、拙者はまだ藤島に何も告げておりませぬ」

「しかし、それを示唆するようなことが、藤島の部屋から見つかったそうだ」

「示唆することというのは？」

「わしもまだ見ていないからわからない。藤島の死を知り、組頭が藤島の部屋を調べて、それらしきものを見つけたそうだ」

牧野が淡々と答え、

「お主は本当に伝えていないのか」

と、確かめてきた。

「はい」

九郎兵衛は強く頷いた。

「おかしいな」

牧野が首を傾げてから、

「だが、お主の口ぶりや表情などで感づいたということもあるのではないか」

と、言った。

「いえ、そんなはずはありません」

九郎兵衛は思い切り否定する。

牧野は取り合う様子もなく、

「お主にとってはそんなつもりがなくても、藤島は感じ取ったのかもしれぬ」

と、一方的に決めつけるように言った。

これには、さすがに九郎兵衛も苛立ちを覚えた。

「牧野さま」

九郎兵衛は太い声で呼んだ。

「何だ」

牧野は仏頂面で見てくる。

「いくら何でも、まるで拙者のせいで藤島が命を落としたみたいではございませぬか」

九郎兵衛はきつい目で言った。

「そうは言っておらぬ。ただ、そういうことがあったのではないかと思っただけだ。それに、関殿からも藤島について、何か変わったことがなかったか聞かれたのだ。わしよりも、お主の方が詳しかろう」

「どうして、拙者が？」

「藤島はよくお主の住まいを訪ねていただろう。昨日だって、何か話していたな」

「え、ええ……」

「道場では出来ない話だろう」

牧野の口調は落ち着いていたが、何か穿鑿(せんさく)するように思えた。

九郎兵衛が言い返す前に、

「あいつに何か変わったことはなかったか」

と、牧野がきく。

「いえ、わかりません」

「藤島は不審な動きをしていたな。勝手に上屋敷を出て行き、何かをやっていた」

「……」

「そのことが何か関係あるのかもしれない」

「あの者が自ら命を落とすとは思えません」

「では、何だと言うのだ？　誤って堀に落ちたのか。それとも殺されたのか」

牧野が問い詰めるようにきく。

「わかりません」

九郎兵衛は答えた。

「はっきりとわからないものを、疑うというのがわしは最も嫌いなのだ。仮に藤島が殺されたとして、誰が藤島に恨みを持っているのだ」

牧野が言った。

九郎兵衛は思わず牧野をじっと見つめた。

「誰だ」

牧野がもう一度きく。

「わかりませんが、藤島の不審な動きにも、おそらくはちゃんとした訳があったのでしょう」

「訳とは何だ」

「拙者にもわかりません」

九郎兵衛は蓑田三郎のことは口にしなかった。牧野はもっと深いことまで知りたいような顔をしていたが、それ以上きいてくることはなかった。

「ともかく、あまり事を荒立てない方がいい。家臣があんな死に方をしたのでは世間体が悪い。当家の体面もあるからな」

牧野は自害ということで片付けさせたいのか。

「皆には何と伝えたらいいでしょうか」

九郎兵衛はきいた。

「ただ、三味線堀に落ちて死んだ、でいい」

「詳しい訳は？」

「調べているところだと言っておけばいい」

「へたに死因を隠すと、かえって不審に思われませんか」

「大丈夫だ」

牧野は言い切った。

九郎兵衛は、それ以上何も言えなかった。


その夜、九郎兵衛は八丁堀へ行った。

与力の組屋敷地から同心の組屋敷が並んでいる場所に出た。与力の屋敷が冠木門(かぶきもん)だったのに比べ、同心の屋敷は木戸門で敷地もだいぶ狭かった。

通りかかった中間風の男に聞いて、関小十郎の屋敷に行った。

板塀で囲われた木戸門を押して、玄関に向かった。

「御免」

九郎兵衛は声を掛けた。

すぐに若党らしき侍が出て来た。

「拙者、松永九郎兵衛と申す。関殿にお会いしたいのだが」

九郎兵衛が大きな声を出すと、奥から関が驚いたように出て来た。

「なぜ、ここに」

関はどことなく、気まずい様子であった。

「文句を言いに来たわけではない」

九郎兵衛はまず初めに言った。

「何をしに来たというのだ」

「今は沼津水野家で剣術を教えている」

「水野家で？　ということは、藤島新五郎の……」

「藤島に剣術を教えていた」

九郎兵衛は正直に言う。

「そうか。冤罪（えんざい）だったとはいえ、牢に入っていた者をよく……」

関はそう言いながら、途中で慌てたように咳払いした。

九郎兵衛は気にする様子も見せず、

「藤島が三味線堀で、死体で見つかった話は聞いたが、どういう状況だったのか聞かせてもらいたい」

と、改まった口調で訊ねた。

「ともかく上がれ」

関は九郎兵衛を招じた。

「では」

九郎兵衛は刀を腰から外し、若党に預け、玄関脇にある小部屋に入った。

差し向かいになると、関が切り出した。

「死亡したのは日付が変わった頃と思われる。死体を検めたが、溺死であった。だが、落ちたとしても藤島殿が泳げないというのが気にかかる。酔っていたのかもしれないし、薬を盛られていたのかもしれない」

「薬？」

「肌に斑点が出来ていたから、毒薬かもしれない。だが、毒も自分で飲んだとも考えられる」

「自分で？」

「他人に飲まされたか自分で飲んだかは、まだわからない」

「後頭部に陥没があったそうだが」

「それは致命傷ではない、落ちた時に何かにぶつけたとも考えられる」

「すると、毒を飲んでいたことは間違いないのだな」

「おそらくな。だが、上屋敷の方では自害と見ているようだな」

牧野の言葉を思い出す。

「関殿はどう見ているのだ？」

「実は、鳥越川（とりごえがわ）の甚内橋（じんないばし）辺りで女の死体が見つかった」

「女？」

「どことなく素人ではなさそうだ」

「ふたりは関係があるのか」

「まだはっきりしないが、偶々（たまたま）ということはないだろう」

関は決め込んだ。

「藤島と女の姿を見かけた者はいないのか」

「それは岡っ引きたちがきき回っている。駒三によると、藤島かどうかはわからぬが、藤島に似たような容姿の者が馬道（うまみち）の居酒屋で浪人風の男とふたりで会っていたそうだ。その時には女の姿はなかったそうだ」

「浪人風の男……」

九郎兵衛は繰り返した。駒三は関が手札を与えている岡っ引きだ。九郎兵衛も何度か会っている。

「何か思い当たる節でも？」

関がきいた。

「いや」

九郎兵衛は首を横に振り、

「女の死体は今どこにあるのだ」

と、きいた。

「佐久間町（さくまちょう）の大番屋に置いてある」

「見に行っても構わないか」

「これからか」

関が少し迷惑そうに顔を歪める。

「一緒に行かなくても、一筆書いてくれればひとりで見に行ってくる」

九郎兵衛は即座に言った。

「うーむ」

関は渋っていた。

「お前が勘違いしたせいで、俺はふた月も牢に入る羽目になったんだぞ」

九郎兵衛が脅すように言う。

「仕方ない。では、こうしよう。岡っ引きの駒三か、串蔵を訪ねてくれ。あいつらが案内してくれる」

串蔵には苦い思い出がある。対峙してみたい気もするが、怒りが先行すると困る。馬道の居酒屋の話もききたいので、駒三を訪ねようと思った。

「駒三の住まいはどこだ」

「本所一つ目だ」

「たしか女房が居酒屋をやっているんだったな」

「そうだ。藤島のことで何か思い当たることがあるのか」

「全くないとも言い切れないが」

「どんなことだ」

「確信が持てたら話す」

九郎兵衛はそう言うに止めた。

「どんな些細なことでも言ってくれ」

「わかった」

九郎兵衛は約束して、本所一つ目に向かって歩き出した。

五つ（午後八時）過ぎ。そよ風が心地よく、柳がさらさらと音を立てながらなびいていた。

本所一つ目の駒三の女房がやっている居酒屋は繁盛しているようで、中から賑やかな声が漏れていた。九郎兵衛は裏口から入り、

「駒三はおるか」

と、声を上げた。

すぐに逞しい体の駒三がやって来た。外はそんなに暑くないのに、額には汗をか

いていた。

「すみません。ついさっき走って帰ってきたもので。それより、松永さま、どうしたので？」

駒三は首にかけていた手拭いで汗を拭きながら不思議そうにきいた。

「さっき、八丁堀の関から三味線堀の話を聞いた」

九郎兵衛が言った。

「何かご存じなのですか」

「あの藤島新五郎って男は、俺が剣術を教えていた奴だ」

「だって、藤島は沼津水野家で……」

「そこで教えているんだ」

「えっ、そうでしたか」

駒三が驚いたように声を上げる。

「鳥越川の甚内橋辺りで女の死体が見つかったそうだな。死体を見たいのだが、連れて行ってくれないか。関に言ったら、お前に案内してもらえとのことだった」

九郎兵衛が告げる。

「これからですかえ」

駒三は一瞬考えるような素振りを見せたが、

「わかりました。では、行きましょう」

ふたりは居酒屋を出て、神田佐久間町に向けて歩き出した。

低いところに、満月に近い月が見えた。雲がなく、夜空が澄んでいた。

両国橋を渡っている時に、

「ところで、馬道で藤島が浪人風の男と一緒にいるのを見かけたという者がいるそうだな」

九郎兵衛はきいた。

「ええ」

「どんな奴なんだ」

「まだ調べがついているわけではないので、何とも言えませんが」

「構わぬ。藤島は俺が期待していた教え子だ」

九郎兵衛は真剣な目で伝えた。

「そうでしたか。でも、勝手に仇(かたき)を討とうなどとは思わないでくださいよ」

駒三は同情するように頷き、

「藤島さまかどうかはわかりませんが、馬道の居酒屋で呑んでいたそうです」

と、言った。

「なんていう居酒屋だ」

「『駒造』っていう、あっしと同じ名前ですぜ。字は違いますけど」

駒三は笑ってから、

「浪人はおそらく美濃三次郎という男でしょう」

と、答えた。

「そいつは何者なんだ」

「阿部川町の裏長屋に住んで、刀剣の目利きをしたり、寺子屋で子どもたちを教えたりしています」

「元々、どこの藩に仕えていたのだ」

「誰も知りません」

駒三は首を横に振る。

「本人を訪ねていないのか」

九郎兵衛がきいた。

「それが美濃三次郎も昨日の夜から帰ってきていないんです」

「何、美濃も？」

「もしかしたら、その者が下手人ってことも考えられます」

駒三が重たい声で言う。

「藤島は美濃三次郎とよく会っていたのか」

「ええ、藤島さまが時折訪ねてきていたようです。最近は頻度が高かったそうですが」

駒三が答える。

藤島が動いているとしたら、蓑田三郎の疑いを晴らすためだ。だとしたら、美濃三次郎も藤木屋銀左衛門と関係があるのではないか。

「妙なことをきくが、お前は藤木屋銀左衛門殺しを知っているか」

九郎兵衛は改まった声できいた。

「ええ？　だって、それは松永さまが無実で捕まった」

「そうだ」

九郎兵衛は頷き、

「もしかしたら、藤木屋銀左衛門殺しと藤島殺しは、関係があるのかもしれない」

と、口にした。

「どういうことです？」

駒三は真剣な顔つきになった。

「俺の疑いが晴れたのは、蓑田三郎という真の下手人が現れたからということになっているが、藤島は蓑田は真の下手人ではないとずっと言っていた」

九郎兵衛は藤島の顔を思い出しながら言う。

「真の下手人の見当はついていたので？」

「おそらく、思い浮かぶ者がいたのだろう。ただ、俺には教えてくれなかった」

九郎兵衛は唇を噛んだ。

「でも、藤島さまが蓑田さまのことをどう思っていようとも、蓑田さまが本当に藤木屋銀左衛門殺しの下手人ということも考えられますよね」

駒三はさらに続け、

「しかし、蓑田さまが真の下手人でないとしたら、藤島さまが真の下手人を割り出したからなのでしょうか……」

　と、考え込んだ。

「そうかもしれぬな」

　九郎兵衛も応じる。

「それが美濃三次郎ということも……」

　駒三はさらに独り言のように言った。

「しかし、何にしても、近くで見つかった女の死体が気になる」

　九郎兵衛はなんとなく胸が騒いでいた。

「ええ。女はそのうち身許がわかると思います」

「どうしてだ」

「煙草入れを持っていたんです。蝶々の模様が描かれた革のもので、珍しい形でした。そこから探れば」

　駒三が自信を持って言う。

　ふたりは暗くなってもまだ屋台が残っている両国広小路から柳原の土手に出て、新シ橋を渡り、神田佐久間町に向かった。

やがて、大番屋に入る。番人が駒三に会釈した。

「女の亡骸を検めたいんだ」

駒三が言う。

「どうぞ」

奥に行くと、女の死体が横たわっていて、莚がかぶせられていた。

番人が莚を捲った。溺死したから顔や体が膨れ上がっていたが、九郎兵衛はどこかで見たことがあると思った。

水死体になる前の顔を想像する。面長で、円らな目……。

九郎兵衛は、はっとした。

「この女だ」

思わず口にした。

「知っているので？」

駒三がきく。

「浜町水野家の屋敷で見かけた女中だ。いや、実は女中ではないがな」

九郎兵衛は死体をじっと見つめながら呟く。

「どういうことですか」

駒三が九郎兵衛の顔を覗き込むようにしてきいた。

九郎兵衛は深呼吸をしてから、浜町屋敷で見かけた女中だが、下男や女中、家来など誰一人として知っている者はいないということを伝えた。千代丸の飲んだ水に毒を入れたかもしれないということは黙っていた。

駒三は興味深そうに聞き入り、話が終わってから、

「やはり、松永さまが仰っていたように、藤木屋銀左衛門殺しに関わっているかもしれませんね」

と、顎に手を遣り唸った。

こんな夜分にどこで鳴いているのか、烏の声が聞こえてきた。

四

月に雲がかかっていた。桜田門の辺りでは、大名屋敷からの灯りが僅かに漏れているだけで、手提灯の灯りを頼りにしないと歩けないほどの暗さであった。

次の角を曲がって少し歩けば沼津水野家の上屋敷という時、突然、後ろで影が動いた。

いつも尾けている者なのかとも思ったが、それにしては足音がする。

別の者だ。九郎兵衛は瞬時に悟った。

次の瞬間、背後に気配がした。

提灯を投げ、咄嗟に横に飛んだ。腰から刀を抜いて、構える。

提灯が燃え、相手の足元を照らした。顔までは見えなかったが、相手はふたりいるようだ。侍なのか、やくざ風情なのかはわからない。だが、長刀を構えているようだ。

ひとりが提灯を踏み潰した。

「えいっ」

左から飛び掛かってきた。一足遅れて右からも向かってきた。

九郎兵衛は左からの攻撃を愛刀三日月で弾き返した。続いて右からの攻撃を躱して、相手の太腿を峰打ちする。

九郎兵衛はそれから左にいた男に体ごとぶつかって行き、相手が不意を突かれてよろけたところで肩口を峰打ちにした。

九郎兵衛はその男の襟をぐっと摑んだ。

暗さにも目が慣れて、相手の顔が微かに見えてきた。

細面で、ぎろりとした目つきであった。月代が伸びていて、浪人であろう。

「何者だ」

九郎兵衛の問いに、相手は答えない。

見回すと、もうひとりの姿はない。

「なんで俺を襲った」

九郎兵衛はきいた。

「……」

その時、背後に殺気を感じた。

九郎兵衛は手を離し、咄嗟に身を躱した。後ろから大柄な男が刀を振りかぶっている。九郎兵衛は刀で受け止めようとしたが、その男は急に前に倒れた。

背中に匕首が刺さっていた。

はっと、さっきの浪人を捜したが、姿が見えなくなっていた。

(誰が匕首を投げたのだ。この者たちの仲間なのか)

九郎兵衛は倒れている男の息を確かめた。

ちゃんと、息をしている。

九郎兵衛はすぐに匕首を抜くと、自分の袖口を切り裂いて、止血に使った。そして、その男を起き上がらせ、自分の首に男の腕を回させた。

男は抵抗しようとするが、すでに力はなかった。太い眉で、大きな鼻の剛情そうな男であったが、怪我のせいか、額から汗を流し、蒼白い顔をしていた。

九郎兵衛は男を沼津水野家の上屋敷まで運んだ。

門に掲げられた提灯の灯りで、男の顔がしっかり見えた。

門番が驚いたように、

「その者は?」

と、きいてきた。

「怪我をして倒れていた。俺のところで少し手当てをする」

九郎兵衛は襲われたことはあえて言わなかった。

「それでしたら、医者でも呼んだ方が」

「このくらいなら平気だ。誰にも言わないでくれ」

九郎兵衛は言い付けると、庭を通って、男を天寿庵へ引き連れた。

土間に入って履物を脱ごうとした時、男が上がり框に倒れ込んだ。

翌日の朝、部屋の真ん中で寝ている男が目を開けた。はっとしたように、上体を起こした。

「ここは……」

男は混乱したように言う。

「どうして、俺を襲った？」

九郎兵衛は唐突にきいた。

「襲う？」

男は首を傾げて、きき返してから、急に目を見開いた。

「どうしてなんだ」

九郎兵衛はもう一度きいた。

「……」

男は口を動かすが、答えない。

「お前の名は？」

九郎兵衛はさらにきいた。

「……」

それでも、男は答えなかった。

庵の外から、

「松永先生」

と、女中の声がした。おそらく、朝餉を運んで来たのだろう。

「すまぬが、そこに置いといてくれ」

九郎兵衛は戸越しに言った。

「こちらでは汚れてしまいますから、ご準備が整うまで待っております」

「いや、気にするな。置いといてくれ」

九郎兵衛は促した。

「そう仰るのであれば……。失礼致します」

女中は去って行ったようだ。

九郎兵衛は少し経ってから、朝餉を取りに行った。部屋に戻って、男に勧めた。

「どうして、あっしにそこまで？」

男が複雑な顔できく。

「話が聞きたいからだ。お前が誰で、どうして俺を襲ったのかがわからぬ」

「……」

「藤島のことが絡んでいるのか」

「あっしにもよくわからないんです」

「わからないで襲ったのか？」

「はい。頼まれただけです」

「誰にだ」

「それは……」

男が再び口ごもる。

「一緒に襲った浪人か」

「……はい」

男は小さく頷いた。

「その浪人の名前は？」

九郎兵衛はすかさずきいた。

「美濃三次郎さまです」

「美濃三次郎……」

藤島が死ぬ前に会っていた浪人だ。

藤島は美濃に殺されたのだ。九郎兵衛は確信した。殺された訳は、やはり藤木屋銀左衛門殺しで蓑田三郎が下手人ではないことを突き止めようとしたからだろうか。

「美濃三次郎は藤島新五郎を殺したな」

九郎兵衛は確かめた。

「え、ええ……」

男は困惑したように頷いた。

「どうして、藤島を殺したのだ」

「わかりません」

「わからないだと？」

「本当です。ただ、頼まれただけですので」

「頼まれたら、人殺しでもやるのか」

九郎兵衛は問い詰めた。

「金をもらっていまして。断れなかったんです」

男は小さな声で答えた。

「では、俺を襲った理由も知らないというのか」

「はい」

男は大きく頷き、

「あっしはただの遊び人で、青蛙の八郎と呼ばれています」

と、名乗った。

「青蛙の八郎、珍しい渾名だ」

九郎兵衛はそう言ってから、ふとどこかで聞いたことがあるような気がした。

いつだったか。

おそらく、数年前のことだ。たしか、韋駄天の半次が賭場で面白い奴に会ったと言っていた。その時に聞いた名前が、たしか青蛙の八郎だったと思い出した。

「もしや、お前は韋駄天の半次を知っているか」

「ええ。どうして、松永さまがあいつのことを？」

九郎兵衛はきく。

八郎が驚いたようにきく。

「半次は俺の……」

九郎兵衛はそこまで言いかけて、言いよどんだ。半次に裏切られて、かつて仲間だったということさえ、口にしたくはなかった。

「今でも半次と会っているか」

九郎兵衛は話を逸らした。

「いえ、三ヶ月ほど前から姿を見ていません」

「どこに行ったのだ」

「わかりません」

「最後に会ったのはいつだ」

「それこそ、三ヶ月ほど前です。両国橋で行き合いました」

「両国橋？」

「はい、今までにないほど落ち込んで、今にも大川へ身を投げるんじゃねえかと思いました」

「まさか、あいつが自ら命を落としたってことはないだろうな」

九郎兵衛は自然と眉間に皺が寄った。

「それはないと思いますが、出家しようかとか言っていました。なんでも、大切な人を裏切ってしまったとかで……」

「大切な人？」

「ある浪人だそうですが……」

八郎は答える。

もしかして、その浪人というのは自分のことではないだろうか。だとしたら、半次にも仕方がない事情があったというのか。

複雑な気持ちになった。

九郎兵衛が無言で考えていると、

「ただ、あっしのせいかもしれないんです」

八郎が言う。

「何だ」

「美濃さまに誰か金に困っている者はいないかと聞かれて、博打で大損した半次を紹介したことがあったんです。ふたりの間でどんなことがあったのかわからないのですが、きっと美濃さまが金を遣って、半次に何かをさせたのでしょう。もしかしたら、それが半次がいなくなったことと関わっているのかも、と……」

八郎が肩を落として言った。

九郎兵衛の頭の中は渦巻いていた。美濃三次郎が藤木屋銀左衛門殺しの下手人に違いない。だから、あの革の巾着を半次に渡したのだ。半次は美濃に命じられて、九郎兵衛に巾着を渡したのか。それとも、半次が自ら考えたのか。そこはわからないが、半次が落ち込んでいたのは、そのことがきっかけで九郎兵衛が捕まったからだ。

半次は結果として九郎兵衛を裏切ったが、本意ではなかったのだ。九郎兵衛の心は、霧が少しずつ晴れていくようであった。

ただ、美濃は浪人の身でありながら、八郎や半次に金を遣るほどの余裕があるというのが気にかかる。どうやって工面したのか。それとも、美濃の後ろには他に誰かいるのか。

ふと、鯰屋権太夫の顔が思い浮かんだ。

しかし、何か引っ掛かるものがある。

気がつくと、稽古が始まる時刻になっていた。

「俺はこれから出かけるから、お前は少しここで休んでいろ。誰かが来て、何かきかれたら、俺の知り合いだと言えばいい。昼には戻ってくる」

九郎兵衛はそう言って、庵を出て行った。

第四章　刺客

一

昼になり、九郎兵衛は道場を出た。心細いような秋の風が吹いていた。空には雲がかかって太陽がぼんやりと見える。

藤島が死んだことに動揺が走っているのか、稽古中も皆が上の空のようであった。

九郎兵衛も藤島のことが頭に浮かび、一体誰に、どうして殺されたのか、つい考えてしまっていた。

天寿庵に向かって歩き出した時、

「先生」

と、声を掛けられた。

振り向くと、目付であった。藤島のことで何かきかれるのだろうと感づいた。

案の定、「二日前の晩のことを聞かせて欲しい」と目付は発した。

「藤島が死んだ日ですな」

九郎兵衛は確かめる。

「そうだ」

目付が頷き、

「藤島が上屋敷を出る前、六つ半（午後七時）くらいに、先生の住まわれている天寿庵に寄ったそうだが」

と、ややしゃがれた声で言った。

「それは知りませんでした。拙者は浜町へ行っていたので……」

九郎兵衛は嘘をついた。

「何をしに浜町まで？」

「いつものように、千代丸さまに剣術を教えに」

「牧野さまに頼まれたのか」

「ええ」

九郎兵衛は頷いた。

「牧野さまはどうして、そなたを千代丸さまに付けようとしたのか」

「それは牧野さまにきいてください」

「何も聞かされていないのか」

「拙者は言われたままにするだけですから」

九郎兵衛は答えた。

目付は終始表情を変えずに、淡々と質問を続けていく。

「藤島が天寿庵を訪ねてきたのは、約束していたからというわけではないのだな」

「違います」

「どういう訳なのか、思い当たることはないのか」

「ありません」

九郎兵衛は即座に否定した。

「そうか。藤島について何か気になっていたことはあるか」

「強いて言えば、何度か朝の稽古に遅れてやって来たことくらいでしょうか」

「それは他の者も言っていた」

「どうして遅れて来たのか、わかりましたか」

「まだだ」

目付は首を横に振った。

それからも藤島のことについてだけきかれた。特に目ぼしいことは聞き出せなかったことで、目付も落胆しているようだ。

目付の聞き込みは四半刻（約三十分）くらいで終わった。

藤島が蓑田三郎の疑いを晴らすために藤木屋殺しを調べていたことは黙っていた。わざわざ、九郎兵衛が口にすることではないと思った。

その後、天寿庵へ戻ると、青蛙の八郎の姿はなかった。その代わり、文机の上に礼が書かれた文が置かれていた。

八郎の怪我の具合が気になった。

少し休んでから天寿庵を出ると、牧野が道場へ向かっていく背中が見えた。

後ろから小走りに追い掛け、

「牧野さま」

と、声を掛けた。

牧野は立ち止まって振り向く。

「ちょうど、お主に話があったところだ」

牧野が言う。

「何でしょう」

九郎兵衛はきき返した。

「数日は色々と調べたり、聞き込みをしたいから、稽古を休みにしてくれと目付から言われた」

「では、昼からの稽古も中止ということで」

「そうだな。お主もさっき目付から何かきかれたようだな」

「ええ」

「何をきかれたのだ」

「藤島の動きについてです」

「というと？」

牧野は突っ込んできいてくる。

「藤島が死ぬ前に、天寿庵を訪ねてきたそうです。拙者は会っていないので、どんな用件だったのかわかりませんと答えました」

「置き文など残していないのか」

「いえ」

九郎兵衛は首を小さく横に振った。

「そうか」

牧野は頷き、

「目付から色々きかれると思うが、あまり話さなくてよい」

と、きつい目で言った。

「どういうことですか」

「お主が変に疑われるかもしれないのでな」

「拙者が疑われる？」

「ああ。色々と不審に思われていることは確かだ。とにかく、何も言わないのが一番だ」

牧野は忠告するように言う。

それから、牧野は踵を返して、家老屋敷を出て御殿の方に向かって行った。

七つ（午後四時）であった。

九郎兵衛は本所一つ目の駒三を訪ねた。

駒三は帰って来たばかりであったが、快く家の中に入れてくれた。

「女の身許が割れました」

駒三は開口一番に言った。

「誰なんだ」

九郎兵衛は身を乗り出すようにしてきく。

「日本橋小伝馬町に住んでいる、おまきという料理屋の女中です」

「料理屋の女中？」

「ええ」

「おまきと藤島との間柄は？」

「今のところわかりません。藤島さまの検死をすると、薬を飲まされた形跡がありました。おまきも同じです」

「相対死（あいたいじに）ということは考えられぬか」

九郎兵衛は一応きいた。

「あっしはないと思います。ふたりの繋がりも見つかりませんでしたし、死体は同じ場所にあったわけではありません」

駒三は、はっきりと言った。

「やはり、美濃三次郎か」

藤島は殺される前、美濃三次郎という浪人と会っていた。藤島は藤木屋殺しの下手人が蓑田三郎ではないと信じ、蓑田の疑いを晴らそうとしていたのだ。

その中で美濃三次郎と出会ったのだろう。藤島は美濃三次郎が藤木屋殺しの下手人だと思ったのだろうか。だから、美濃三次郎は藤島を殺した……。

一方、おまきのことだが、千代丸の暗殺未遂は明らかにおまきの仕業である。このふたつの件がどのように繋がっているのだろうか。

それより、なぜ千代丸は命を狙われたのか。おまきは何者かに命じられたのであろう。

沼津水野家と関わりがある藤木屋と分家の若君千代丸が狙われたのは全く関係ないことなのか、それとも何かが……。

ともかく、千代丸に毒を盛ったのはおまきに違いない。女中に化けて旗本屋敷に忍び込むには、誰かの手引きがないと無理だ。浜町水野家におまきと通じている者がいるのだ。その辺りのことは駒三に頼むより、自ら足を運んで調べた方が早いと思い、

「おまきには誰か男はいたのか」

九郎兵衛はきいた。

「わかりません」

「いい年頃だし、顔もそれなりだから、男は寄って来そうなものだがな」

「確かに、言い寄っていた男は何人かわかりました。ただ、皆、おまきの父親に追い返されているそうで」

「そんなに厳しい父親なのか」

「厳しいというか、娘を思うままに使うような親です」

駒三の言葉から父親に対する嫌悪を感じた。

「どういうことだ」

九郎兵衛はすかさずきいた。

「その父親っていうのが、どうしようもない呑んだくれで、その上に大の博打好きなんです。娘の稼いだ金は全て酒と博打に費やしちまうし、もし娘が金を寄越さないものなら殴ったり蹴ったりするんですって」

「母親はいないのか」

「そんな父親に嫌気が差して、十年前におまきを残して家を出たんです。それから、おまきは母親の代わりをさせられていたそうで」

駒三は哀れみを含んだ目をして言った。

聞いているうちに、おまきが千代丸を毒殺しようとしたことは頭の隅に追いやられ、可哀想な女に思えてきた。

「おまきに悪い噂はなかったのか」

「いえ、全くありません。働いていた料理屋でも評判は良かったですし、近所の者にも悪く言う人はいませんよ。ただ、父親だけが、出来損ないの娘だと罵(ののし)っていました」

「父親は何ていう名前だ」

「隈太郎(くまたろう)です」

駒三が答えた。

九郎兵衛はひと呼吸おいてから、

「美濃三次郎の行方は？」

と、きいた。

「高輪辺りで見かけられていますが、その後の消息は摑めていません」

駒三は答えてから、

「沼津水野家では藤島さまの殺しはどんな風に扱われているんですか」

と、きいてきた。

「目付が動いているが、まだわからないようだ」

「そうですか。ただ、藤島さまが殺される直前まで、何かを調べていたことは確かなんですね」

「そうだ」

「それが何なのか、三日月の旦那なら感づいてるんじゃありませんか」

駒三の目が鋭く光る。

「まだ何とも」

九郎兵衛は言葉を濁した。

駒三は少し疑うように見ながら、

「何かあったら報せてください」

と、控えめに言った。

「もちろんだ」

九郎兵衛は頷いた。

それから数言交わし、

「ところで、青蛙の八郎って男を知っているか」

と、きいた。

「ええ、知っています。あいつが何か？」

「いや、半次の知り合いだそうで、どんな奴か気になっただけだ」

駒三は半次が九郎兵衛をはめたことを知っているのか、すぐに悟ったようであった。

「旦那に向かってこんなことを言うのは気が引けますが、半次よりかはまともな男です。元々、渡り中間だったそうで、剣術の心得もあるようです」

「そうか」

まだまだ構えが甘かったが、力強い振りを思い出した。

「それで、八郎はどこに住んでいるんだ」

九郎兵衛がきく。

「阿部川町の一太郎店ですよ」

「阿部川町の一太郎店……」

九郎兵衛は繰り返した。

それから、九郎兵衛は駒三の居酒屋を出た。

西陽が眩しかった。風が少し肌寒い。

九郎兵衛は夕陽に向かって歩き出した。

両国橋を渡り、浅草御門を抜けた。蔵前から浅草寺の方面へ足を進め、雷門の前を左に曲がった。

ここで捕まった時のことが脳裏を過った。

あの雨の日、九郎兵衛は話せばわかると勝手に思って自身番に付いて行った。自分ははめられたのか、それとも偶々あらぬ疑いを掛けられただけなのか。未だにわからず、もやもやとしている。

東本願寺の方へ向かって歩いた。少しすると、右手にかつて住んでいた長屋が見えてきた。

無実だとわかり牢から出て来たのに、これまで関わって来た者たちの白い目は今でも忘れられない。

それを思い出すと、悔しさと怒りが込み上げてくる。つい、藤島殺しのことに夢中になっていたが、元はといえば、藤木屋銀左衛門殺しに始まったことだ。九郎兵衛を沼津水野家に送り込んだ鯰屋権太夫が一連の出来事全てに関わっているのだろうか。

だが、鯰屋に何の得があるというのだ。

藤島殺しについては、鯰屋は何も関係がないように思える。

そんなことを考えているうちに、阿部川町へ辿り着いた。

自身番で一太郎店の場所をきいてから、そこの長屋木戸をくぐった。

井戸端で赤子を背負ったおかみさんが洗濯をしているのが見えた。

九郎兵衛は近づき、

「すまぬが、青蛙の八郎はどこの家だ」

と、声をかけた。

おかみさんは一度奥の長屋の方を振り向いてから、

「青蛙の八郎？」

と、わざとらしくきき返した。目が明らかに泳いでいる。

「八郎の住まいはあの奥なのか」

九郎兵衛は落ち着いた口調できいた。

「……」

おかみさんはなぜか答えない。

「俺は怪しいものではない」

「……」

「沼津水野家で剣術を教えている松永九郎兵衛という者だ」

九郎兵衛は正直に話した。

「松永さま……。あっ」

おかみさんは急に気づいたように、声を上げた。

「俺のことを知っているのか」

「ええ、うちの人が昨日世話になったって」

「うちの人？　もしや、お前さんは八郎の？」

「そうです。すみません、てっきり借金の取り立てだと思って……」

おかみさんは気まずそうに頭を下げた。

「あいつに女房がいたとはな」

九郎兵衛が真顔で言うと、おかみさんは息を漏らすように笑った。

その時、奥の長屋の腰高障子が開いた。

八郎がゆっくりとした動きで出て来た。八郎は九郎兵衛を見るなり、驚いたように頭を下げた。

「松永さま！」

「体は大丈夫か」

「ええ、お陰さまで。それより、よくここがわかりましたね」

「聞いてきたんだ」

「え？　誰にですか」

「本所一つ目の駒三だ」

「あの親分に……」

「別に悪いことをしているわけではないから、いいだろう」

九郎兵衛は決めつけるように言う。どうせ、九郎兵衛が口にしない限り、美濃三次郎から頼まれて、一緒に九郎兵衛を襲ったことはわかるまい。

「ちょっとききたいことがあるんだ」

九郎兵衛はさらに言った。

「ききたいこと？」

八郎は場所を移したいような雰囲気を醸し出していた。

「たいしたことではないが、ちょっと来てくれ」

九郎兵衛はおかみさんの手前、そう言いながら、表通りまで誘った。途中で振り向くと、おかみさんは心配そうな顔で後ろ姿を見送っていたが、再び腰を下ろして洗濯の続きを始めた。

新堀（しんぼり）沿いに立っている柳の下で、

「すみません、お気を遣わせて」

八郎が申し訳なさそうに言う。

「構わぬ。傷はまだ痛むだろう」

「でも、何とか歩けますので」

「今朝はそれでよく帰れたな」

「庭にちょうど良さそうな木の枝が落ちていましたので、杖の代わりに使って、ゆっくりと……」

八郎は苦笑いする。

「無事なら良かった」

「どういうことです？」

「美濃三次郎から何かされていないか心配だった。あいつが口封じの為にお前を始末しようと考えるかもしれない」

九郎兵衛は心配そうに言った。

「そんなおっかないこと言わないでください。そんなことありませんよ」

八郎は笑いながら答える。まるで他人事（ひとごと）のようでもあるが、目の奥は笑っていなかった。むしろ、何かに怯（おび）えているようにも見えた。

九郎兵衛は急に表情を引き締めて、

「まだ俺に言っていないことはないか」

と、重たい声できいた。

「え……」

八郎が口ごもった。

「お前を追い詰めたいわけではないが、少し気になることがあってな」

「何でしょう」

「お前は美濃三次郎から頼まれて、俺を襲ったんだな」

「はい」

「それ以外には何もしていないと言うが、藤島とおまきの殺しにも関わっているのではないのか」

九郎兵衛が八郎の目を真っすぐに見る。

「いえ……」

八郎は俯いた。

「別に、そのことでお前を恨むようなことはしない。ただ、藤島とおまきは薬を飲まされていたんだ。その場で斬り捨てられて殺されたのならまだしも、いくら美濃に力があるといっても、ふたりの死体を処分するのには仲間が必要だと思ったんだ」

九郎兵衛は周囲に声が聞こえないように気をつけて言った。

八郎は目を泳がせていて、何と答えるか迷っているようであった。

「俺は真実が知りたいだけだ。お前を貶めるようなことはしない」

九郎兵衛は固く約束をした。

八郎はようやく九郎兵衛と目を合わせてから、

「仰る通りです」

と、小さな声で認めた。

「お前が殺しにも関わっているのか。それとも、ただ死体を運ぶのを手伝っただけか」

九郎兵衛は問い詰めた。

「あっしは運んだだけです。なぜ、あのふたりを殺したのかは全くわかりませんし、どこの誰なのかも知りません」

八郎は必死に否定した。

九郎兵衛はその言葉を信じた。美濃にしても、わざわざ教えるつもりはないだろう。

「どういう手筈で殺すことになっていたのだ」

九郎兵衛はきいた。

「あの日、あっしは美濃の旦那に、また金を遣るからと、夜の四つ（午後十時）くらいに阿部川町の『富士政』という料理屋の二階座敷に行くように言われていたんです。行ってみると、お侍さまと若い女が倒れていました。薬で眠っているだけだと言われ、ふたりを順に店の裏手に置いてある大八車まで運ぶように指示されました」

八郎はひと呼吸おいてから、さらに続ける。

「大八車にふたりを乗せた後、筵をかけて、三味線堀まで運ぶように言われました。それで、三味線堀に着いたら、美濃さまはあっしに周囲に誰もいないのを確かめさせて、お侍さまを放り込み、それから女の方を鳥越川の……」

八郎の声が震えていた。

「お前が座敷に行った時には、ふたりはすでに死んでいたのか」

「息があったように思えました」

「その時に逃げようとは思わなかったのか」

「金を予め受け取っていましたし、何より住んでいる場所も知られていますから、後で何をされるかわかりません」

　八郎は辺りを見渡して、

「実は今も、美濃の旦那か、息のかかった者に口封じに殺されるんじゃないかって不安なんです」

　と、小さな声で漏らした。

「今、美濃は追われている立場だ。それに、お前を殺すよりも先に俺を殺すことを考えるだろう。その心配はあるまい」

　九郎兵衛は八郎の肩を軽く叩いた。八郎はまだ安心し切っていなかったが、

「わかりました。あっしを殺したところで何にもなりませんからね」

　と、自分自身に言い聞かせるように言った。

「それはそうと、小伝馬町に住んでいる隈太郎っていう男を知っているか？」

九郎兵衛は話を変えた。

「小伝馬町の隈太郎……」

八郎は繰り返して、

「いえ、知りません」

と、首を横に振った。

「そうか」

九郎兵衛は頷いた上で、

「頼みを聞いてくれるか」

と、八郎の顔を見た。

「ええ、あっしに出来ることであれば」

「小伝馬町の隈太郎って男について、調べてくれ。呑んだくれで、しょっちゅう博打をしているようだ」

「賭場に出入りしているなら、数日あればわかると思います」

「頼むぞ」

九郎兵衛は言って、その場で別れた。

もうすっかり陽が暮れていた。

二

翌日、稽古は休みだった。

九郎兵衛は藤島殺しについて調べるため、出かけようとした。ちょうどその時、天寿庵に明智が訪ねて来た。

明智はいつもより硬い面持ちで、

「先生、牧野さまがお呼びです」

と、告げた。

また、藤島のことであろうと思った。

「わかった。すぐに向かう」

九郎兵衛は答えた後、立ち去ろうとした明智を呼び止め、

「藤島が死んだことで、皆は何か言っているか」

と、きいた。

「藤島が女と相対死するなんていうことは考えられないですし、だからといってあんなに酒に強い男が酔っぱらって三味線堀に落ちて溺死したとも思えないと、不思議がっています」

明智は九郎兵衛の目を真っすぐに見て答えた。

「なるほど」

九郎兵衛は頷いた。明智は直接口にはしないものの、皆は藤島は殺されたのだと見ているようだ。

「藤島に恨みを持つ者はいたのか」

九郎兵衛は念の為にきいた。

「いないと思います」

明智はすぐさま答えた。なんとなく、明智が思い詰めたような表情をしているように見えた。同輩の藤島の死に動揺しているのか、それとも、他にも何かあるのか。

九郎兵衛は全てのことに疑い深くなっていた。

「心配なことがあれば、相談してくれ」

九郎兵衛は思わず口に出した。

「はっ」

明智は小さく頭を下げ、天寿庵を出て行った。

それからすぐに、九郎兵衛も天寿庵を出て、家老屋敷の母屋に入った。玄関で履物を脱いで上がり、誰に案内されることもなく、牧野の部屋まで行った。

「松永です。失礼します」

九郎兵衛は襖を開けた。

牧野は書状を読んでいた。いつも以上に厳格な顔をしていた。だが、疲れが溜まっているのか、目の下には隈のようなものが見てとれた。

「牧野さま」

九郎兵衛が声を掛けると、牧野は書状を畳んで懐に仕舞った。

「藤島に関するものですか」

九郎兵衛はきいた。

牧野はそれには答えず、

「お主は藤島と親しかったな」

と、しゃがれた声で言った。

「親しいというわけではございませぬが……」

九郎兵衛は様子を窺うように、牧野をやや上目遣いに見た。

「そうか？　わしには親しいように思えたが」

「一応、教え子でしたから」

九郎兵衛にはまだ相手の意図がわからなかった。

「それに藤島の死について、色々とき回っているそうだな」

「同心の関殿と岡っ引きの駒三というのが前からの知り合いだったので、話をききに行ったのです。いけませぬか」

「いや、ただ気をつけた方がいい。藤島を殺した奴が、お主の命を狙うということも考えられるからな」

牧野が恐ろしい顔で答える。

藤島が藤木屋銀左衛門殺しの件で、蓑田三郎の疑いを晴らそうと動いていたことは伝えていない。しかし、そのことを牧野はすでに摑んでいるのかもしれない。九郎兵衛が藤木屋殺しの下手人として、一時期捕まっていたことを知っているのかどうかも気になった。

鯰屋権太夫は話していないと言っていたが、牧野のことだ、裏で根ほり葉ほり調べていてもおかしくはない。

「それより、牧野さまはどうして、拙者が関殿や駒三のところへ話をききに行ったことを気になさっているのですか」

今度は九郎兵衛がきいた。

「何か不満があるのか」

牧野はきつい目をして言った。

「いえ、ただ気になっただけでございます」

「お主が気にすることではない」

「左様でございますか。牧野さまは藤島殺しの下手人について何か心当たりでもあるのですか」

「いや、ない。だが、気になることは多々ある」

牧野はどこか嫌味っぽい言い方をした。

「といいますと？」

九郎兵衛は嫌な気がしてきいた。

「夜中に天寿庵を藤島が訪ねて行く様子を見ていた者がいる」

「剣術のことできたいことがあり、訪ねてきただけです」

「具体的にどんなことをきいて来たのだ」

牧野は探りを入れてきた。九郎兵衛は自分の剣術について語り、藤島にそれらを教えたことにした。

牧野は半信半疑の様子だったが、それ以上深くはきいてこなかった。

「それはそうと、藤島のことで同心の関殿を訪ねたり、岡っ引きに話をききに行ったりした件だが、その時に関殿や岡っ引きから聞いたことを話してみよ」

牧野が命じた。

九郎兵衛は一瞬迷った。嘘を吐いてこの場を誤魔化そうか。しかし、牧野は全て知った上で、九郎兵衛を試しているのかもしれない。

ここはへたに出ない方がいいと思い、

「藤島が殺された時、少し離れたところで女の死体も見つかったそうで、その女を拙者は知っています」

「誰なのだ」

「千代丸さまが毒殺されそうになった時に、女中に成りすましていた女です」

牧野は落ち着いた声で答えた。

「その女の正体は？」

牧野が鋭い目をくれた。

「まだ」

九郎兵衛は本当のことは言わなかった。

「藤島とその女には何ら関わりはないだろう」

「わかりませんが……」

九郎兵衛は首を傾げながら、牧野が決めつけていることに少し引っ掛かった。

「牧野さまは何が一番気になるのですか」

「目付の報告では、藤島に揉め事などなかった。しかし近頃は、稽古が終わるとよく外出していたようだ。どこへ行っていたのかは、まだ調べがついていないが、吉原や品川（しながわ）などの女郎がいる場所ではないことは確かなようだ」

牧野はひと息おいてから、

「その女のところに行っていたとも考えられるが、藤島は女にうつつを抜かすような男とは思えぬ。ところで、美濃三次郎という浪人を知っておるか」

と、確かめてきた。

「名前だけは」

九郎兵衛は美濃三次郎に襲われたことは口にしなかった。

「関殿から聞いたのだな」

「岡っ引きの駒三からです」

九郎兵衛は言ってから、

「おそらく美濃三次郎が藤島を殺したのでしょう」

と、告げた。

「そうだろうが、美濃三次郎ひとりとは思えぬ」

「共犯がいると？」

「黒幕といったところだ」

「思い当たる節があるので？」

「いや、お主の方が知っているのではないかと思ってな」

牧野は体を前のめりにさせた。

「拙者は何も知りません」

九郎兵衛は、はっきりと言った。それでも、牧野に納得する様子はなかった。

何度か同じような問答を繰り返して、ようやく、

「もう帰ってよい」

と、声を掛けられた。

いったん天寿庵に戻ってから再び出かけた。九郎兵衛は上屋敷を出て、芝神明町の『鯰屋』へ向かった。

昼間なので人通りは多かった。だが、いつもと同じように、誰かに尾けられている感じはあった。

『鯰屋』は相変わらず繁盛しているようで、九郎兵衛は客間で半刻（約一時間）くらい待たされた。

ようやくやって来た権太夫は息が少し上がっていた。

「すみません、バタバタしておりまして」

権太夫が頭を下げる。

「忙しそうだな」

「お陰さまで」

権太夫は笑顔で答え、

「牧野さまについて何かわかったのですか」

と、きいてきた。

「牧野さまは藤島殺しで何か勘ぐっているようだ。ただ、それだけなのだが……」

「藤島殺しといいますと？」

「俺が教えていた藤島新五郎という沼津水野家の侍が三味線堀で死んでいたのだ。知らぬのか」

九郎兵衛は確かめた。てっきり、沼津水野家の誰かから話が行っているものだと思っていたのだ。

「初耳です。詳しく教えてください」

権太夫は本当に知らないようで、身を乗り出してきいてきた。

九郎兵衛は藤島のことやらおまきのことを、つぶさに教えた。

「まさか、そんなことがあったとは……」

権太夫は驚いたように言い、

「私の方でも調べてみます」

と、意気込んだ。

「何か気になることがあるのか」

九郎兵衛はきいたが、権太夫にうまく躱された。

また数日後に来ることを約束して、九郎兵衛は『鯰屋』を後にした。


その次の日の暮れ六つ（午後六時）過ぎのことであった。

天寿庵に明智がやって来た。

「また牧野さまが呼んでいるのか」

九郎兵衛はため息まじりにきいたが、

「いえ、八郎という男が訪ねてきまして、先生に取り次いでくれと」

明智が告げる。

「何、八郎が。すぐにここに通してくれ」

九郎兵衛は命じた。

「はっ」

明智は小走りに庵を出て、門まで迎えに行った。

それから少しして、明智と共に、青蛙の八郎がやって来た。

九郎兵衛は茶を出してから、

「怪我は平気なのか」

と、きいた。

「ええ、歩くのはまだゆっくりですが、痛みはだいぶ引いてきまして」

八郎は穏やかな顔で答える。九郎兵衛を襲った時の気迫のある表情とはまるきり違う。

「それより、例の男についてわかりました」

八郎は弾む声で言う。

「早いな」

「たまたま、そいつのことを知っている人が、あっしの知り合いにいたんで。まあ、ろくでもない男ですね」

八郎は苦笑いする。

「やはり、そうか」

九郎兵衛は駒三から聞いた話だけでも、うんざりするような男だと思っていた。

「本郷の前田さまの上屋敷の中間部屋で開かれている賭場によく行ってるようです。職には就いていないそうで、娘が働いた金を巻き上げているみたいで」

「娘の金だけで、よく食っていけるな」

「まあ、色々と借金はしていたそうです。全部で二十両くらいあったそうですが、少し前に全部返したそうなんです」

「二十両を全部返した？」

「どうやって返したのかは知らないそうですが、おそらく娘に何かさせたんじゃねえかって噂です」

「そうか」

九郎兵衛は呟く。働きもせず、酒浸りの男が二十両もの金を手に入れられるはずがない。どこかで盗んできたのか、それとも八郎が言ったように、おまきに何かをさせたのか。何かをさせたのだとしたら、千代丸を毒殺しようとしたことかもしれない。問題は誰が金を出したのかということだ。

九郎兵衛はさらに深くきいてみたが、八郎の調べではそれ以上はわからないそうだ。

それから九郎兵衛は、八郎を屋敷の外まで見送りに出た。

「松永さま、そんなにお気遣い頂かなくても」

八郎は恐縮していた。

「まだ怪我が治っていないのに危ない。美濃三次郎だって、何をしてくるかわからぬからな」

九郎兵衛は注意したが、八郎は「わかっています」と言うばかりであった。

門の外まで見送るだけのつもりであったが、怪我をしながらもすぐに調べに動いてくれたこともあってか、

「阿部川町まで送っていく」

と、九郎兵衛は言った。

「いえ、そんなにして頂かなくても」

「もう暗くなっている」

「本当に大丈夫です。あっしはまともな生き方をして来なかったですが、今まで命を狙われたことはありませんので」

八郎は笑っている。

「いや、送っていく」

九郎兵衛は無理やり言い分を通した。

八郎は歩きながら、何度も礼を言った。

本当は小伝馬町の隈太郎に会いに行くつもりだった。

途中で、九郎兵衛は、

「そういえば、半次のことは他に何かわからないか」

と、きいた。

「賭場の仲間にききましたが、手掛かりは得られませんでした。ただ、あいつは母親の命日には、必ず墓参りしているそうで。もし会おうと思えば、その日に墓まで行けば会えるかもしれません。なんでも、浅草の東本願寺だそうで」

八郎が言った。

「命日はいつなんだ」

九郎兵衛はきく。

「一月五日だそうで」

「まだ先だな」

九郎兵衛が呟く。

普段よりも倍以上の時を要して、阿部川町に辿り着いた。

長屋木戸まで一緒に行くと、

「さすがに、ここまで来たら平気です。ありがとうございました」

八郎が深く頭を下げた。

九郎兵衛はそれから引き返し、小伝馬町へ向けて歩き出した。

隈太郎が二十両の借金を返したことが、藤島殺しと何らかの関係があるのではないかという思いが強かった。

小伝馬町に着いて、隈太郎の長屋まで行ったが、留守だった。

しばらく待ったが帰って来る様子もなく、諦めて踵を返そうとした時、長屋木戸から顔を赤くした若い男が入って来て、隈太郎の隣の家の前に立った。

九郎兵衛を見るなり、

「お隣にですか」

と、若い男はきいた。

「隈太郎に会いに来たんだが」

九郎兵衛は答えた。

「あの人なら、昼間に来ないと駄目ですよ。毎日夕方過ぎに出かけて、翌日の朝に帰って来ますから」

男は教えてくれた。

「そうか、わかった」

九郎兵衛は出直そうと、長屋を後にした。

外桜田の上屋敷へ向かって歩き出した。ふと見上げた夜空に、星が燦々と輝いていた。国にいた時、よく庭で妹と一緒に星を見上げていたことを思い出した。

妹らしい女のことを鯰屋権太夫は口にしていたが、はたして妹だろうかと、いつしか頭の中で妹のことを考えていた。

三

翌日も稽古は休みであった。牧野が天寿庵までやって来て、他愛（たあい）ないことを話してきた。明らかに九郎兵衛の様子を探っていた。

九郎兵衛は適当に受け流し、牧野が帰ってから屋敷を出た。

再び小伝馬町へ向かった。

昨日の長屋へ行くと、隈太郎の家に気配を感じた。

「隈太郎。入るぞ」

九郎兵衛は腰高障子を開けた。

酒のにおいが鼻を突いた。

部屋の中はゴミで散らかっていて、四畳半に畳はなく、板敷であった。真ん中にせんべいぶとんを敷いて、大の字で寝ていた。

九郎兵衛は部屋に上がり、

「隈太郎」

と、大きな声で呼び掛けた。

それでも起きないので、体を揺すった。

隈太郎はびっくりして飛び起きた。

薄目を開けながら、

「誰だい、お前さんは……」

と、おぼつかない声できいた。

「娘のことで少し話を聞かせてくれ」

九郎兵衛はしっかりと相手の目を見る。

隈太郎は目を擦(こす)り、

「娘が死んだことなら、俺はよく知らねえですぜ。他を当たってくだせえ」

と、面倒くさそうに言う。

「自分の娘が殺されたのに、よくのんびりしていられるな」

「あんなろくでもねえ娘……」

隈太郎は口元を歪めた。

「なんでそんな言い方をする？」

「ろくでもねえから、ろくでもねえと……」

「娘に何か問題でもあったのか」

九郎兵衛は不審の念を抱いてきいた。

「ばかなんで、何にも出来ねえ」

「ちゃんと料理屋で働いていたそうではないか」

「料理を運ぶくれえなら誰だって出来るじゃありませんか」

隈太郎はまた口元を歪めた。

「だから、何が出来ないのだ？」

「親をちゃんと養えないからですよ」

「ばかを言うな。こんな呑んだくれで博打好きのおまえの世話をしていたそうではないか」

「稼ぎが足りないんですよ」

「だったら、お前が働けばよかったではないか」

「何だと？」

「娘に金をせびって、呑んだくれて、博打なんて、まともではない」

九郎兵衛は段々と怒りがこみ上げてきた。

「旦那、文句を言いに来たんですかい？」

隈太郎は今にも摑みかからんばかりであった。

「娘がいなくなって、今はどうしているんだ？」

「余計なお世話だい」

隈太郎は顔を歪めた。

「借金があるだろう」

「ばかにするんじゃねえ。借金なんて、もう全部返した」

隈太郎は堂々と言う。

「いつ返したんだ」

「この間だ」

「おまきが用立てたのではないのか」

「自分の金だ」

「嘘を吐くな。働いてもいないのに、金が用意出来るわけないだろう」

「博打で勝ったんだ」

「いくら勝ったんだ」

「一両だ」

「お前の借金は一両では済むまい」

「旦那は何を知っているんだ」

隈太郎は不快そうな顔をした。

「二十両あったそうではないか」

九郎兵衛が睨みつけた。隈太郎の目が泳ぐ。

「その二十両を返したのだな」

「……」

「どうなんだ？」

「そうだ、返した」

「二十両もの金を、どうやってこしらえたのだ？」

九郎兵衛は声を抑えているが、脅すように言った。

「娘につくらせたのだな」

隈太郎は口ごもる。

「正直に言え」

九郎兵衛は腰に手を遣った。

「わかった、話すから」

隈太郎は僅かに震える声で答え、

「三河(みかわ)という侍だ」

と、慌てて言った。

「三河？」

「そうだ。三河からもらった」

「下の名前は？」

「知らねえ」

「三河とお前はどういう間柄だ」

「……」

「ただでお前に二十両くれるわけはないだろう」

「……」

「何をやって得た金だ」

九郎兵衛は問いただす。

「……」

「答えられないのか」

「勘弁してください」

隈太郎は急に気弱そうになった。

「俺は本当のことを知ることが出来れば、それで十分だ。ここで答えなかったら、岡っ引きの駒三がやって来て、徹底的に調べるぞ」

九郎兵衛は脅した。

隈太郎はしゃっくりをしながら、こめかみを押さえる。二日酔いなのか、それともこの状況に悩まされているのか。

「正直に答えて楽になれ」

九郎兵衛が囁くように言う。

「おまきに……」

そこで一度言葉が止まった。

「おまきに何だ」

九郎兵衛は促す。

「ある旗本屋敷に入り込んでもらうと言われた」

隈太郎は消え入るような声で言った。

「浜町の水野家か」

九郎兵衛が決め込んできいた。

「ええ……」

隈太郎は小さく頷いた。

「三河というのも浜町水野家の者だな」

「それは、本当にわからねえ」

隈太郎は必死に首を横に振る。

「旗本屋敷で何をしろと言われたんだ」

九郎兵衛はさらにきいた。

「何も知らされていない」

隈太郎は答える。

「そんなはずはないだろう」

「ただ、三河というお侍さんが全て手引きすると言っていただけだ」

「三河か……」

九郎兵衛は呟き、

「三河というのは、どんな容姿だ」

と、最後にきいた。

「面長で、細い目で、鷲鼻だったような。まだ三十はいっていないと思います」

九郎兵衛はそれを聞いて、はっとした。

いつも浜町屋敷へ行くと、安藤のところまで連れて行ってくれる若侍に似ている。

まさか、あの者が千代丸を殺そうとしたのか。浜町水野家の揉め事におまきが利用されたのか。それにしても、なぜ千代丸を……。

藤木屋銀左衛門殺しを始めとするこの一連の騒動は、本家の沼津水野家も絡んでのことなのか。

「あの、他にもまだ何かあるので？」

隈太郎は恐れるような目つきをしていた。

「おまきは誰に殺されたのだ？」

「わからねえ」

「三河ではないのか」

千代丸の毒殺に失敗したおまきを、三河が口封じに殺したとも考えられる。

「わからねえ」

「娘を殺されて悔しくないのか」

「おまきは……」

隈太郎は言いよどんだ。

「どうした？」

「三河から頼まれたことをおまきに言うと、引き受けるけど、これでおとっつぁんとは……」

また声が止まった。

「何だ」

九郎兵衛は催促した。

「これでおとっつぁんとは父娘（おやこ）の縁を切ると」

「おまきがそう言ったのか」

「そうだ。あいつは親を見捨てやがったんだ」

「誰がいけないんだ。身から出た錆（さび）だ」

九郎兵衛は吐き捨てた。

「また何かあれば来る」

九郎兵衛はそう言い残して、長屋を出て行った。

四

それから数日が経った。

目付のきき込みが終わり、今日から稽古が再開することになった。だが、皆どこか以前のようには稽古に身が入っていなかった。

昼九つ（午後零時）近くになり、もうそろそろ休憩にしようとした時だった。

道場に牧野が入って来た。いつも以上に硬い表情をしている。

牧野は九郎兵衛に許可を取るわけでもなく、

「稽古を止めい」

と、命じた。

一同は驚いたように、牧野に体を向けた。

九郎兵衛も何事かと目を見張った。

「今日の稽古はこれまでだ。これから、皆にききたいことがある。後ほど、ひとりずつ呼ぶので、御殿の用部屋まで来るように。それまで長屋で待っておれ」

牧野が否応なしに言い放った。

「あの、よろしいですか」

背の低い侍が手を挙げる。

「何だ」

牧野は顎でその者を指す。

「藤島が死んだことと、何か関係があるのでしょうか」

「うむ」

牧野は短く答えた。藤島の死因については、まだ正式な発表はされていなかった。女も近い場所で死んでいたことから、相対死だと主張する者も未だにいた。

牧野は再び一同を見渡し、何も言わずに道場を出て行った。

九郎兵衛は追いかけて、道場を出てから牧野に声を掛けた。

風が強く、外は肌寒かった。

「私も呼ばれるのですか」

九郎兵衛はきいた。

「いや、お主はいい」

そう言い、牧野は表御殿に向かった。

九郎兵衛は一度天寿庵に戻って着替えることにした。着替えを済ませた時、留守居役の久米がやって来た。

「松永先生、ちょっとよろしいですか」

久米が神妙な顔で言う。

「これから、浜町へ出かけるところですが」

「そんなに掛かりません。一緒に来て頂けないでしょうか」

久米が誘う。

「ここでは駄目なのですか」

「万が一ということがありますので」

「万が一？　人の目ですか」

「ええ」

「わかりました」

どうせ藤島のことだろうと思いつつ、九郎兵衛はそれを口にせず、久米に付いて行った。

家老屋敷を出て、連れられて行ったのは長屋の脇にある土蔵であった。中に入り、久米が灯りを点ける。四囲には大きな木箱が積まれていた。

「何か聞かれては困る話ですか」

九郎兵衛が訊ねた。

「牧野さまには」

久米が小さな声で答えた。

「どういうことですか」

九郎兵衛はすかさずきいた。

「最近、牧野さまの動きが気になります。牧野さまはなぜか、藤島殺しを独自に調べているようですね。なぜ、ご家老ともあろうお方が一介の藩士のことにこだわるのか」

前々から、沼津水野家内での確執は感じていた。どこの藩でもあるように、江戸家老と国家老が揉めているのか。久米が牧野を見る目が、いつもどこか冷たいのも気になっていた。

「確かに牧野さまは藤島殺しを気になさっておられます。拙者も牧野さまに色々ときかれました」

九郎兵衛は答える。

「どのようなことをきかれたので？」

「拙者が藤島殺しのことで何か知っているのではないかと思っているようでした。また、美濃三次郎という浪人を知っているかともきかれました」

「そうですか。美濃三次郎のことを何と言っていたのですか」

久米はさらにきいた。

「藤島を殺したのは美濃三次郎だと思っているようでした。ただ、裏に誰かがいると感じているようです」

九郎兵衛は正直に答えた。

久米の顔色を窺った。心なしか、さっきよりも険しい顔つきになった気がした。

「それで、裏には誰がいると考えているのですか？」

「ただ、誰かがいるとだけしか。拙者に誰か思い当たる人物がいるのではないかと考えていたようでした」

「どうして、松永先生に……。先生が鯰屋の紹介でやって来たからでしょうか」

久米は呟くように言う。

「鯰屋と牧野さまの間に何かあるのでしょうか」

九郎兵衛は確かめた。

「さあ、私には見当がつきませぬ。元々、財政支援をしてきた鯰屋は牧野さまと親しくしていた経緯がありますが……」

「それなのに最近はそれほどどうまくいっていないようなのですね。ひょっとして、『藤木屋』の存在が影響しているのでは？」

「さあ、私には」

久米は首を横に振る。

久米は何かを隠している。それを見極めるように久米を見つめた。

「松永先生」

久米が改めて名を呼んだ。

「何でしょう」

「沼津水野家で厄介なことがこんなに起こるようになったのは、先生がやって来てからです」

と言って、久米はいきなり真剣な眼差しになった。

「拙者が原因とでも？」

九郎兵衛は怒るわけでもなく、真意を確かめるためにきいた。

「先生がここにやって来たことが、何か仕組まれてのことではないかと、ふと思いまして……」

久米が考えながら言う。

「仕組まれている？」

「ええ、何か感じませんか」

「そう言われましても……」

九郎兵衛は困って返答して、

「そろそろ、浜町へ向かわなければ」

と、切り出した。

「そうでございましたな」

久米は言い、

「誤解を招くような言い方になるかもしれませぬが、先生はあまり沼津水野家に居座らない方がよろしいと思います」

「居座らない方がいい？」

「決して、先生を沼津水野家から追い出したいが為に言っているわけではございません。先生の為を思って」

久米は付け加えた。

「お気遣いありがとうございます。ただ、拙者は与えられた仕事をこなすだけにございますから」

九郎兵衛はそう言って、久米のもとを後にした。

何か奥歯に物が挟まったようで、九郎兵衛はすっきりしなかった。

上屋敷を出て行く時に、いつもの門番に「どちらまで行かれるのですか」ときかれた。

正直に答えて、浜町へ向かって歩き出した。

しばらく外桜田を歩いてから立ち止まった。

やはり、誰か尾けてくる。牧野の指示なのか。それとも、鯰屋か。はたまた、久米の手の者なのか。

おそらくこの間、青蛙の八郎が襲ってきた時、匕首を投げて加勢してくれた者であろう。

そんなことを考えているうちに、浜町屋敷に辿り着いた。

門番に声を掛け、屋敷に入れてもらった。

すると、若侍が現れる。よくよく顔を見ると、面長で、目が細く、鷲鼻である。

「そなたの名は」

九郎兵衛はきいた。

「三上（みかみ）と申します」

若侍は低い声で答える。

「三上殿か。いつもすまぬな」

九郎兵衛は落ち着いた口調で言ったが、やはりこいつだと思った。

「いえ」

三上は安藤の部屋に案内してくれた。

安藤は九郎兵衛を見るなり片眉を上げた。部屋に入ると、三上は去って行った。

正面に座った。

「千代丸さまは、その後いかがで？」

九郎兵衛がきいた。

「お元気だ」

安藤は即座に答えて、

「それより、松永殿に少々ききたいことがある。例の女中に成りすました者についてだ」

と、身を乗り出すようにして言った。

「水差しに毒を入れた？」

「そうだ。沼津水野家の家臣藤島新五郎が死んでいた近くで、その女の死体が見つかったそうだな」

「そのようです」

「牧野さまはそのことについて、何か言っていたか」

安藤の目つきは鋭かった。

「特に何も仰っていませんでしたが、独自に調べているようです」

「独自に？」

「藤島は牧野さまが作った組の者だからと……」

「そんなことは目付にやらせておけばよさそうなものを……」

安藤が眉間に皺を寄せる。

牧野と安藤は親密な関係で、一緒に何かを企んでいるのだと思っていた。しかし、この様子だと、そうではなさそうだ。

「あの女は誰かに頼まれて、毒を盛ったのであろう」

安藤が決めつける。

「拙者もそう思います」

九郎兵衛は頷き、

「三上どのはどういう方ですか」

と、きいた。

「三上？　三上がどうかしたのか」

「いえ、いつも出迎えて頂いていますので」

「さる御家人の次男坊だ。三年前から奉公している」

「そうですか」

九郎兵衛は頷いてから、

「当屋敷に、三河という侍はいらっしゃいますか」

「三河などと申す者はいない」

安藤は否定してから、

「これは牧野さまには伝えないでもらいたいのだが、浜町水野家に千代丸さまに危害を加えようとする者などいるはずがない」

安藤は言い切り、

「もし、千代丸さまに手出しをするのであれば、沼津水野家の者であろう」

と、決めつけるように言った。

「しかし偽の女中は、手引きする者がいなければ屋敷内に入ることは出来ません。もし、沼津水野家の者だとしても、そやつとつるんでいる者がこちらにいるのです」

「うむ」

安藤は唸った。よほど、三河と名乗った侍のことを口にしようと思ったが、三河が三上だという確証もなく、まだ口に出来なかった。

「それより、千代丸さまに危害を加えようとするのが沼津水野家の者だというのは、どうしてですか」

九郎兵衛はきいた。

「それは、千代丸さまが次期当主になるのを阻むためであろう」

安藤は厳しい顔で言った。

「次期当主？　どういうことですか」

「跡継ぎのいない沼津水野家の次期当主は千代丸さまだ。十歳になった暁に、養子に行くことになっているのだ」

安藤は厳粛な声で告げた。

九郎兵衛には初耳であった。牧野はどうしてそのことを教えてくれなかったのか。家老であるなら、そのことは知っているだろう。それに、鯰屋権太夫も知らなかったのだろうか。

「もう決まったことなのですか」

九郎兵衛は確かめる。

「世継ぎのことは決まっている。ただ、いつ養子縁組をし、千代丸さまが本家に入られるかは正式には決まっていない。今朝ほども留守居役の久米殿がお越しになって、早くその手続きを進めるように言われたのだ」

安藤は答えた。嘘を吐いているようには思えない。

「久米さまがその交渉役なのですか」

九郎兵衛はさらにきいた。

「ああ、そうだ。お主だって、若君が沼津水野家に養子入りするから、ここまで来て剣術を教えているのだろう」

安藤は当然のごとく言った。

「拙者は詳しいことまでは聞いておりませぬが、おそらくそうなのでしょう」

九郎兵衛はそう答えるしかなかった。

よくよく考えれば、本家の剣術指南役が分家の若君に剣術を教えに行くことは不自然だ。一年半前に亡くなった蓑田玄葉も千代丸に剣術を教えに来ていた。つまり、その頃から、千代丸は本家の世継ぎと推されていたのだ。

「それで、お主に聞きたいことがあるのだ」

安藤は厳しい顔を向けた。

「何でしょう」

「わしの聞いたところによると、藤島は不審な動きをしていたようだ。もしや、千代丸さまの命を狙おうとしていたのではあるまいか」

安藤がきく。

「いえ、それはありません」

九郎兵衛は、はっきりと否定した。

「どうして、そう言えるのだ」

安藤が鋭くきく。

この男に『藤木屋』のことを話してもいいものか迷った。もしかしたら、藤木屋銀左衛門殺しに関わっているということも考えられなくはない。

しかし、浜町水野家と藤木屋銀左衛門には何の繋がりもない。それに、安藤はどうやら牧野とつるんで何かを企んでいるわけでもなさそうだ。もちろん、『鯰屋』との繋がりもないらしい。

「藤島の不審な動きというのは誤解です」

九郎兵衛は様子を見る為に、とりあえずそう言って反応を窺った。

「お主は何か知っているのだな」

安藤が膝を乗り出す。

「実は藤島は藤木屋銀左衛門殺しについて調べていました」

「どうしてだ。あれは、元沼津藩士の蓑田三郎が下手人だったと聞いている」

「しかし、藤島はそれを疑っていたのです」

九郎兵衛が答えると、安藤がはっとした。

「それで藤島は藤木屋殺しを調べていたのか」

「そうです。蓑田三郎の無実を明らかにする為」

「そうだとしたら、藤島は真の下手人を探り出したのではないか。その為に真の下手人に襲われたのでは？」

「……」

九郎兵衛も同じ考えだったが、あえて反応を示さず、

「安藤さまは藤木屋銀左衛門のことをご存じで？」

と、きいた。

「いや、よく知らぬが、半年くらい前のことだが、牧野さまを訪ねた時に、『藤木屋』の若旦那を見かけた」

「『藤木屋』の若旦那？　銀左衛門の倅ですね」

「そうだ。銀左衛門が死んで今はその倅が『藤木屋』を継いでいるのだ」

「家老屋敷に出入りしていたのですか」

「そうだ。色白で優男といった感じだった」

「色白で優男ですか」

九郎兵衛も見かけた商人が『藤木屋』の若旦那だったのではないか。あの時、「松永さま」と声を掛けられ、妙に気になったことが蘇ってきた。

「牧野さまと『藤木屋』か……」

安藤が呟く。何を言わんとしているのかは感じ取れた。

「ふたりは深く繋がっているのでしょうか」

九郎兵衛はきいた。

これまでは鯰屋権太夫が財政難の沼津水野家に金を貸し付けてきた。だが、『鯰屋』にとって代わり、『藤木屋』が沼津水野家に深く食い込もうとしているのか。

それに反対する者が、藤木屋銀左衛門を殺したのか。だとすると、鯰屋権太夫が怪しいということになるが……。

「牧野さまは……」

安藤は言い止した。

「何ですか」

九郎兵衛は安藤に先を促す。

「いや」

安藤の目つきがきつくなった。

しかし、すぐに表情を元に戻して、

「無駄な話をしてすまなかった。それより、若君が待っておられる」

と言い、近くに置いてあった鈴を鳴らした。すぐに女中がやって来た。

「松永殿を若君のところへ」

安藤が指示する。

「はい」

女中は静かな声で答えた。

九郎兵衛が立ち上がり、部屋を出る時、安藤が、

「松永殿、くれぐれも気をつけなされ」

と、告げた。九郎兵衛は軽くお辞儀で返して部屋を出て行った。

女中に連れられて、大広間へ行った。

中に入ると、縁側にこの前の近習が背中を向けていて、庭で素振りをしている千代丸の姿が目に映った。

千代丸は九郎兵衛に気づき、

「遅かったな」

と、笑顔で言った。

九郎兵衛は縁側に出て、

「申し訳ございませぬ。安藤さまと少し話をしていまして」

と答えて、庭に下りる。

「話？」

千代丸がきき返す。

「たいしたことではございません」

「そんなはずなかろう」

千代丸は決め込む。

「千代丸さまが知らなくてもよろしいことでございます」

「いいから、言ってみよ」

千代丸が性急に迫った。近習が九郎兵衛に向けている目も鋭かった。

「沼津水野家で拙者が剣術を教えていた、藤島新五郎という男が死んだことを話していました」

九郎兵衛は言い方に気をつけて答えた。

「藤島新五郎……。どこかで聞いたような名だ」

「左様にございますか」

「もしかしたら、蓑田から聞いたのかもしれぬ」

千代丸は考え込むように言った。

「蓑田から？」

「そうだ。牧野殿が作った組について聞いた時のことだ。藤島という一番仲の良い同輩がいて、真面目で人柄は良いが、融通が利かないと言っていた気がする」

千代丸は思い出すように答えた。

「藤島がこちらに訪ねて来たことはございますか」

「一度もない」

「沼津水野家で知っているのは、家老の牧野殿と留守居役の久米殿、それから蓑田三郎とお前だけだ」

「そうでございましたか」

蓑田玄葉は千代丸に『藤木屋』に注意をするように書き残していた。その意味は何だったのか。

そういえば、玄葉は毒殺されたのだ。千代丸も毒を盛られ殺されかけた。関係があるのか。

「それより、始めよう」

と、千代丸は竹刀を構え出した。

その時、三上が大広間にやって来て、近習を呼んだ。

「若君、少しの間失礼致します」

近習は三上と一緒に大広間を出て行った。

九郎兵衛は稽古を始めた。

少しした時、三上だけが戻って来た。

「松永殿、安藤さまがお呼びです」

三上が告げた。

「今は稽古中だから、後で伺うとお伝えください」

九郎兵衛は断ったが、

「どうしても今すぐにとのことですので」

と、三上が粘った。

「しかし、さっき話したばかりだ」

九郎兵衛が重ねて断ろうとした時、

「安藤が呼ぶのであれば、よほどのことなのだろう。行って来て構わぬぞ」

千代丸が命じた。

「そう仰るのであれば」

九郎兵衛は千代丸に頭を下げてから、大広間に上がり、三上と共に部屋を出た。

廊下を進んでいると、

「松永殿、忘れ物をしたので取りに行って参ります。突き当たり左の部屋にお入りになってください」

三上が告げ、急いで踵を返して、大広間の方へ駆けて行った。

どこか変だと思いながらも、指示に従った。

突き当たり左の部屋に入ると、安藤の姿はなかった。おかしなことに、部屋の中央には九郎兵衛の愛刀三日月が置かれていた。

九郎兵衛はそれを手に取った。

その時、廊下で慌ただしい足音がした。

襖が勢いよく開くと、十人近くの侍が部屋に雪崩(なだ)れ込んで来た。ふたりは刺股(さすまた)を持っている。

「何事だ」

九郎兵衛は思わず刀を抜いた。

刀身が赤く光っていた。

血のにおいがする。

「おのれ、よくも若君を」

ひとりがそう言って刺股を突き付けてきた。刺股の尖端が九郎兵衛の足を挟んだ。

もうひとつの刺股が左腕を押さえ込んだ。

九郎兵衛は全身に力を込めて押し返すが、左右から槍が向かってきた。右手一本で槍を弾いた。

だが、壁際に追い詰められて、どうにも身動きが取れない。

「どういうわけだ？」

九郎兵衛はわけがわからず焦った。

「若君を斬りながら、よくもそんなことが言えるな」

侍のひとりが叫んだ。

「千代丸さまを斬った？」

九郎兵衛は耳を疑った。

「惚けても無駄だ。それが証拠にお主の刀には血がついておる」

「これは……」

九郎兵衛は絶句した。

はめられたと思った。

本当に、千代丸は斬られたのか。だとしたら、三上だ。

「待て、俺ではない。三上を調べろ」

九郎兵衛は必死に言った。

「ええい、言い訳するでない」

次の瞬間、太腿を槍が襲った。

「うっ」

九郎兵衛は鈍い声を漏らして、片膝をついた。それを合図とばかりに、侍たちが一斉に九郎兵衛に飛び掛かる。

九郎兵衛は体に残っている最後の力を振り絞り、侍たちを蹴散らして、走り出した。太腿の痛みは感じなかった。

背中に「松永を逃がすな」という声が浴びせられた。

廊下にいる者たちはきょとんとしていて、誰も手出ししてこなかった。

九郎兵衛は裸足で御殿を出ると、そのまま庭を抜けて、手薄な裏門から外へ飛び出した。その間、ずっと後ろから罵声のような声が追いかけてきた。

振り返る余裕もなく、ただひた走った。

途中まで「待て」という声が聞こえていたが、それも聞こえなくなった。もう追い掛けて来る気配がしなくなった。

立ち止まって振り返ると、浜町水野家の家臣たちの姿はなかった。

九郎兵衛はゆっくり歩き出した。それと同時に、激痛が襲ってくる。袴は血まみれであった。

もはや、沼津水野家にも帰れない。そこにも手が回っているはずだ。こうなったら仕方がない。鯰屋権太夫を頼るしかないと腹を括った。

それより、千代丸は殺されたのか。九郎兵衛の愛刀三日月に血糊がついていたが、千代丸の血ではない。

千代丸の無事を祈りながら、九郎兵衛は足を引き摺って『鯰屋』へ急いだ。

途中、痛みに耐えかねて休みをとりながら、『鯰屋』へ向かった。

すでに四つ（午後十時）過ぎになっていた。

血のにおいを嗅ぎつけたのか、九郎兵衛の周りを五匹の野良犬が取り囲んだ。いずれも唸りながら、今にも襲い掛かって来そうだ。

あと二町(約二百十八メートル)ほどで、『鯰屋』に辿り着く頃であった。

しかし、足が棒のように動かない。

一匹が吠えると、他の野良犬もつられたように吠えた。

吠える声はしばらく続いた。

突然、目の前から一匹が向かってきた。

九郎兵衛は最後の力を振り絞って、倒れ込むように避けた。しかし、それを合図とばかりに他の犬たちが一斉に九郎兵衛に飛び掛かる。

しばらくもがいていたが、野良犬が一斉にいなくなった。助かったと思った瞬間、目の前が真っ白になり、意識を失った。

五

陽が射し込んでいた。目が開いた。しばらく、じっとしている。どこかで見たことのあるような天井であった。

慌てて上体を起こすと、広い部屋の真ん中で九郎兵衛は横たわっていた。

頭がずきずきと痛む。

枕元には水差しと器が置いてある。喉が渇いていたが、千代丸の毒殺未遂のことが過って、手を出せなかった。水差しの横には呼び鈴が置いてあった。

九郎兵衛は呼び鈴を鳴らした。

少しして、若い男がやって来た。『鯰屋』の者であった。

「松永さま、お目覚めになりましたか」

男が九郎兵衛の横に腰を下ろした。

「俺はどうしてここに？」

九郎兵衛はきいた。

「裏庭で倒れていたんです」

「裏庭に？」

九郎兵衛はきき返した。みるみるうちに、意識を失うまでのことを思い出した。

野良犬に襲われたのは、『鯰屋』に辿り着く前だ。

「本当に裏庭だったのか？」

九郎兵衛は信じられずに、きき返す。

「ええ」

男は不思議そうに頷く。

「そうか」

裏庭まで辿り着いていないのは確かだ、一体、どういうことなのか。

壁の一点を見つめながら考えた。

もしや、誰かが救ってくれたのか。そういえば、野良犬はいつの間にか消えていたのだ。

いつも尾けてくる者が助けてくれたのか。

そんなことを考えていると、

「松永さま、何か食べるものを運びましょう」

男が顔を覗き込んで来た。

「いや、あまり腹は減っておらぬ」

九郎兵衛が答える。

「しかし、もう二日間も眠りっぱなしだったので、何か召し上がった方がよろしいかと」

男が気遣うように言う。

「二日もだと？」

九郎兵衛は思わず声を上げた。

その時、襖が開き、権太夫が入って来た。

「大変でしたな」

権太夫は九郎兵衛のそばに腰を下ろした。

同時に、男が立ち上がった。

「粥でも作って持って来るように」

権太夫は男に命じた。

男は「かしこまりました」と、すぐさま部屋を出て行った。

九郎兵衛はその後ろ姿を目で追ってから、権太夫に向き直った。

「先ほど、明智さまがやって来て、松永さまがここに来ていないか探ってきました」

権太夫は微笑んで言う。

「明智が？　それで何て答えたのだ」

九郎兵衛はつい厳しい口調になった。

「手前どもは全く知りませんと答えておきましたので、ご安心を」

権太夫は穏やかに言ってから、

「まさかとは思いますが、松永さまが千代丸さまを殺そうと企んだわけではありませんよね」

と、訊ねた。

「そんなはずはなかろう。俺は牧野さまに頼まれて、浜町水野家へ行っていただけだ。それなのに、二回も千代丸さまが危ない目にあったところに遭遇している」

九郎兵衛は憤然と言い、

「それより、千代丸さまはどうした？」

と、きいた。

「重体だそうです。助かる見込みはあまりないと」

「なんということだ。あの三上という侍の仕業だ」

九郎兵衛は呻くように言った。

千代丸は自分になついてくれた。三上を叩き斬ってやると、九郎兵衛は憤った。

「これは牧野さまにはめられましたね」

権太夫が口元を歪めた。

「今になれば、俺もそう感じる。千代丸さまを殺して、俺を下手人に仕立て上げようとしたのだろう」

「松永さまの刀についていた血は犬のものでした」

「何、犬？」

「はい」

「そうか。だから野良犬が集まってきたのか」

野良犬に襲われたことを思い出した。

「松永さまは私が紹介したことになっておりますから、私の責任も追及して、藩に何も関われなくなるように画策したのでしょう」

厳しい顔で言った。

「そうすれば、借金を返さないで済むからか」

「そうです」

「その後、『藤木屋』と組むのか。それにしてもどうして、牧野は『藤木屋』を？」

「そこがわかりません。尾籠な話でございますが、金なら手前どもの方があるはず……」


権太夫は納得がいかないように首を傾げる。

「牧野にはお前さんを排除したい理由があるのではないか」

「排除したい？」

「お前さんが牧野の弱みを握っているとか？」

「いえ、多少のことはありましても、そこまでされる覚えはありません。今まで互いに持ちつ持たれつでやって来ましたから」

権太夫が強く言った。

「藤木屋銀左衛門殺しについては蓑田三郎が真の下手人で間違いないのか」

九郎兵衛はきいた。

「はい」

「本当に蓑田が白状したのか」

「ええ、つい口を滑らせたのでしょう。以前にもお話しした通りです」

権太夫は九郎兵衛を真っすぐに見て答える。

「そんなことは信じられないが……」

九郎兵衛には蓑田三郎がそんな大事を簡単に打ち明けるとは思えない。権太夫は別の手立てで下手人が蓑田だと気づいたのではないか。

「蓑田は牧野に命じられて、藤木屋を殺したのか。だが、牧野が藤木屋と繋がっているのだとしたら、殺すというのがわからない」

疑問を口にした後で、九郎兵衛ははっとした。

「もしや、蓑田は牧野の陰謀に気がついて、藤木屋を殺したのではないのか」

思い付きを口にした。

「でも、蓑田さまが独自で動いたとは思えませぬ」

「蓑田に命じた者がいると……」

九郎兵衛は留守居役の久米が、「居座らない方がいい」と言っていたのを思い出した。今になって考えると、久米はこうなることがわかっていたのではないか。

「久米さまと牧野の仲はどうだったのだ」

九郎兵衛がきく。

「おそらく、いいとは言えないでしょう。久米さまは国家老の一派にございます。江戸家老の牧野さまの様子を国家老に逐一知らせているようです」

「蓑田三郎の裏に久米さまがいるということは？」

九郎兵衛はきいた。

権太夫は少し考えてから、

「あるかもしれませんな」

と、ぽつりと答えた。

その推測が正しければ、蓑田は久米の指示で藤木屋を殺した。藤島は他に下手人がいるはずだと考えていたが、探っているうちに、やはり蓑田が下手人で、裏に久米がいることに気づく。藤島が真相を知ったことで、久米は美濃三次郎を使って藤島を殺させた。

おまきについてはどうだろうか。

浜町水野家の三上の指示でおまきは千代丸に毒を飲ませた。千代丸が沼津水野家に養子入りする交渉役を担っていたのは久米だ。つまり、久米は国家老らと共にその手続きを進めていたが、牧野はそれほど乗り気ではなかった。

牧野は千代丸が世継ぎになることに反対なのだ。ということは牧野が三上を使って千代丸を……。

九郎兵衛がそのことを権太夫に話すと、

「十分に考えられますな」

権太夫は考えるように答えた。

「牧野は反対だとしても、なぜ殺そうとまで……」

「国家老が千代丸さまを推しているので、千代丸さまが世継ぎになれば自分の発言力が弱まると、牧野さまはわかっているからでしょう。私はてっきり、牧野さまは松永さまを使って、千代丸さまを牧野さまの思い通りにさせる魂胆かと思っていました」

権太夫は自らの膝を扇子で軽く叩いた。

わからないのは、美濃三次郎だ。何者なのか。そして、牧野が『藤木屋』にそれほど肩を入れているのはどういうわけか。

翌日のことであった。

もうだいぶ容態がよくなった。少しだけ太腿に痛みが残っているが、激しく動いてもたいして問題はないと庭で剣を素振りしながら思った。

権太夫からはしばらく外に出るなと言われていた。藤木屋殺し、藤島とおまき殺し、千代丸殺し未遂について、あと一歩でわかるというのに、動けないのはもどかしかった。

暮れ六つ(午後六時)近くになって、店の者が部屋にやって来て、

「久米さまがお越しです」

と、告げた。

「留守居役の?」

九郎兵衛はきき返す。

「はい」

店の者は頷いた。

「俺がいることを伝えたのか」

九郎兵衛は目を丸くして、前のめりになった。

「旦那さまは、久米さまが松永さまのことをどうこうするということはないと仰っ

ていました」

店の者は台詞を読むかのように言った。

「しかし……」

その時、廊下から久米が現れた。

「松永先生、この度は大変ご無礼を働きまして、申し訳ございません」

久米はいつものように腰が低かった。九郎兵衛を捕らえに来た様子には感じられなかった。店の者は部屋を出て行った。

「拙者が千代丸さまを殺そうとしたことになっているのでしょう」

九郎兵衛は確かめた。

「私はそうは思いません」

久米は真面目な顔で言った。

「では、誰の仕業だと？」

「牧野の手の者でしょう」

「どうして、そう思うのですか」

「大体、わかります。松永さまも牧野にはめられたと感じているのでしょう」

久米が見越したように言う。

「どういうわけで、ここに拙者に会いに来たのです？」

九郎兵衛はきいた。

「このままでは、牧野さまの思うままです。悔しくありませんか？」

「何が言いたいので？」

「仇を討ってくれませんか」

「久米さまの為にですか」

「違います。松永先生の為でもあります」

「……」

都合の良いことを抜かしやがる、としか思えなかった。しかし、これで久米と牧野が対立していることが明白になった。

「では、その前に聞かせてください」

九郎兵衛は改まった声で言う。

「何をですか」

久米がきき返す。

「藤木屋銀左衛門を殺したのは誰ですか」

「……」

「久米さまなら知っているのではありませんか」

「何を根拠に？」

「正直に答えてくれたら、牧野を殺りましょう」

九郎兵衛は久米を真っすぐに見て言った。

「真にございますか」

久米が前のめりになる。

「二言はござらぬ」

九郎兵衛は約束した。

久米はひと息おいてから、

「美濃三次郎という浪人です」

と、静かな声で答えた。

「蓑田三郎ではないのですか」

「まあ」

久米は曖昧に答える。

「美濃に拙者を襲わせたのも、久米さまですか」

九郎兵衛は久米の目をじっと見た。

久米は目をかっと開けて、

「それは私ではない」

と、必死に言った。

「それはということは、他のことでは美濃に命じたということですな」

九郎兵衛は問い詰める。

「……」

久米は下唇を嚙み、しまったという顔をした。

「藤島を殺させたのは、久米さまですか」

九郎兵衛はさらにきいた。

「いや」

「何も関係していないと？」

「私はただ国家老の命を受けて、美濃三次郎に伝えていただけです」

「そうですか」

九郎兵衛は内心では言い訳がましい久米を軽蔑しながら、

「ところで、美濃三次郎というのは何者なのですか」

ときいた。

「ただの浪人です」

「元々、どこの藩にいた浪人ですか」

「知りませぬ」

「そんなはずありますまい」

「本当に知りませぬ」

久米は撥ね返すように強い口調で言った。目を見れば、すぐに嘘だということは見抜けた。だが、久米はいくら問い詰めても答えてくれないだろう。

「では、拙者の方から美濃に聞いてみます」

九郎兵衛は言った。

「美濃に何をする気で？」

「拙者は真実が知りたいだけです。美濃はどこに匿(かくま)われているのです？」

九郎兵衛はきいた。

「いくら先生でも答えられませぬ」

久米が苦しそうな表情を浮かべて言った。

「教えてください。で、ないと、全て牧野に言いますよ。久米さまに牧野暗殺を頼まれたと」

「何と」

久米は声を震わせて、九郎兵衛を睨んだ。

「美濃はどこにいるんです」

九郎兵衛は凄まじい剣幕で迫った。

「下屋敷の近くの寺です」

久米はため息交じりに言った。

「下屋敷？」

「高輪の……。信玄寺（しんげんじ）というところです」

久米は観念したように、目を泳がせながら言った。

「間違いありませんね」

「ない」

「美濃三次郎はまだ何かするつもりですか」

「いや」

久米は首を横に振るや、

「では、私は。よいですね、牧野を頼みましたよ」

と言って、腰を上げた。

「もしや」

九郎兵衛は思い付きを口にしようとしたが、その前に、久米は逃げるように引き揚げて行った。

隣の部屋から権太夫が現れた。不敵な笑みを浮かべていた。

その日の夜のことであった。肌寒く、雨がしとしと降っていた。

九郎兵衛は『鮫屋』の笠を被って、高輪の信玄寺へ行った。

境内を歩いていると、少し先の庫裏から浪人が出てきた。自分を襲ってきた浪人に顔が似ている。おそらく、こいつが美濃三次郎だ。沼津水野家の下屋敷からは目と鼻の先である。おそらく久米の一派が、下屋敷からここにいる美濃三次郎に食事などを届けているのだろう。

美濃はこっちに気づいていないようだ。

九郎兵衛は咄嗟に木の陰に隠れて、しばらく様子を見た。

美濃はどこか険しい表情で寺を出て行く。

九郎兵衛は後を尾けた。

下屋敷へ向かうのかとも思ったが、東へ向かって足を進めた。

途中、所々で立ち止まって辺りを注意深く見渡していた。だが、九郎兵衛は気づかれることはなかった。美濃は芝、築地、京橋を通り、日本橋駿河町までやって来た。段々と雨が強くなってきて、地面もぬかるみ、足が取られて重かった。

やがて、『藤木屋』の看板が目に入った。

看板の手前の路地を曲がる。美濃は『藤木屋』の裏口を入った。そして、庭を通り、離れに入った。

九郎兵衛は離れの戸の前で耳を澄ました。

「何をするのです」

女の声がしたので、九郎兵衛は中に入った。

美濃三次郎は抜き身を振りかざしていた。

「待て」

九郎兵衛は叫んだ。

驚いたように、美濃が振り返った。

「お前は……」

「松永九郎兵衛だ」

その時、雷が鳴った。美濃の顔が雷の光と共にはっきりと見える。

美濃が剣を振りかざして突進してきた。

九郎兵衛は抜き打ちざまに美濃の腹を斬った。

美濃は腹を押さえながら、片膝をつく。九郎兵衛は美濃の手を蹴り上げて、刀を落とした。

部屋の隅で腰を抜かしている女を見る。

何かを抱いているようだった。

もう一度、雷が近くに落ちた。

女が赤子を抱いているのが見えた。

「ん？」

九郎兵衛が目を凝らす。

その隙に、美濃が刀を拾い上げようとした。

九郎兵衛はすかさず美濃の首元に刃を当てた。

美濃の動きが止まったように思えたが、落ちている刀に手を伸ばした。

九郎兵衛は首を斬った。

美濃は前のめりに倒れて行く。

女は慄（おのの）いている。

「お前さんの命を取りに来たわけじゃない。こいつの後を尾けていたら、偶々ここに入って来たのでな」

九郎兵衛は刀を鞘に納めた。

「こいつが誰なのか知っているか」

「いえ……」

声も震えていた。

「襲われる覚えは？」

「……」

「お前さんは『藤木屋』の身内か」

「はい」

女が小さく頷いた。

「名前は？」

「すがと申します」

「おすが？　もしや、銀左衛門の娘か」

「はい」

「それでその子は？」

「私の子でございます」

「男の子か」

「はい」

「父親は？」

「……」

その時、もう一度雷が光った。

赤子の着物には水野沢瀉の紋が入っていた。

「どうして、水野の……」

九郎兵衛はそう言った時に、はっとした。

赤子が泣き出した。

すがは強く抱きしめた。

「殿さまとの間の子なのか」

九郎兵衛が問い詰める。

「……」

すがは答えない。

だが、この様子だと落胤で間違いない。

牧野はこの子に当主を継がせようとして、千代丸の殺害を謀ったのか。

九郎兵衛は倒れている美濃三次郎を振り返った。全く動かない。腰を下ろして、脈を診ってみた。だが、動いていない。

「こいつの死体は引き取っていく。部屋を汚してすまなかった」

九郎兵衛は死体を肩に担ぎ上げて、外に出た。

雨の勢いはさっきよりも増していた。

このまま庭に放っておこうか。しかし、『藤木屋』の方で内々に処分され、おすがを襲ったことがなかったことにされてしまうかもしれない。すると、美濃三次郎が何者なのかがわからない。

九郎兵衛は裏口から出て、近くの神社の茂みに死体を置いた。こんな雨だから誰もいない。しかし、未だに誰かに見られている気がしてならなかった。

翌日の朝、九郎兵衛は昨日の神社へ行った。

人だかりがあった。

掻き分けて前に出ると、同心の関がいて、この辺りを縄張りとしている岡っ引きの姿もあった。

死体には筵がかけられている。

九郎兵衛は関に近づいた。

「松永」

関が声を掛けてきた。

「殺しか」

「それが妙なことが起きた」

「何が妙なんだ」

「お前もその名を覚えているかもしれぬが、蓑田三郎の死体が発見された」

「蓑田三郎だと？」

九郎兵衛はわざと声を上げた。

思った通りであった。美濃三次郎は蓑田三郎だ。

「蓑田は死んでいたのではないのか」

九郎兵衛は念の為にきいた。

「大川に飛び込んだが、死体は見つからなかった。大雨の日だったので、どこかに流されたということで片付けていたのだ」

関は険しい面持ちで言う。

ふと、神田小僧巳之助のことを思った。ひょっとして巳之助も生きているのかもしれない。まさか、今までずっと尾けてきて、救ってくれていたのは巳之助なのか。

急にそんなことが脳裏を過った。

「この男が殺されたことと藤木屋殺しと、何か関係があるようだな」

九郎兵衛はきいた。

「そうかもしれぬ。だが、もし関係があったとしたら、俺の出る幕はもうないな」

「どうしてだ」

「この件は、ただの怨恨ではなく、水野家内の争いが関わっているはずだ」

関の目つきは鋭かった。伊達に定町廻り同心をやっているわけではないと感じた。

「ところで、お前はまだ沼津水野家にいるのか」

関がきいた。

「いや、もう辞めた」

「辞めた？　ずいぶんと早いな」

「色々といざこざがあったので、嫌になったのだ」

九郎兵衛は適当に答えた。

「なるほど」

関は意味ありげに頷いた。

その後、関は町役人に呼ばれて、死体の方へ戻って行った。

九郎兵衛はその場を離れた。

今まで美濃はどんな縁で沼津水野家に関わっているのかと考えていたが、実は蓑田三郎だったということで説明がつく。


翌日の明け方。九郎兵衛は沼津水野家上屋敷の裏門に辿り着いた。ちょうど、この時刻、門番が替わるので、裏門の警備が疎かになっていることは承知だ。

それでも、万が一のことがないように、九郎兵衛はゆっくりと裏門の通用口をくぐった。庭にも人の気配がなかった。

九郎兵衛は裏庭を素早く通り抜け、家老屋敷に足を踏み入れた。

玄関は避けて、庭から牧野の書斎へ行った。まだこの時分であれば、この部屋は使っていないはずだ。

案の定、灯りも点いていなかった。

九郎兵衛は音を立てないように障子を開けて入った。

書斎の隣が寝室だ。

襖の前で息を殺して、耳を澄ました。

寝息が聞こえてきた。

九郎兵衛は、さっと襖を開けた。

牧野の目が開くと同時に、九郎兵衛の刀が牧野の喉元に当たる。

「松永……」

牧野は身動きが取れない状態であったが、凄まじい剣幕で睨みつけてきた。

「お前の陰謀は全てお見通しだ。沼津水野家に養子入りする千代丸さまを殺して、殿さまと藤木屋銀左衛門の娘おすがとの間に出来た男の子を養子とし、次の当主に据えるつもりだったんだな。俺が鯰屋権太夫の命を受けて、千代丸さまを殺したことにして、『鯰屋』を追い出そうという魂胆だな」

九郎兵衛は捲(まく)し立てた。

「……」

牧野は何も答えない。

廊下から誰かが助けに来る気配もない。

「お主はいつから久米の味方になったのだ」

牧野が表情を変えずに言った。

「久米も誰も関係ない。俺はお前らの卑怯なやり方が許せない」

九郎兵衛はそう言ってから、

「己の権力を得る為とはいえ、年端の行かぬ子を殺そうとするなど、きさまは鬼だ」

と、怒りを漲らせた。

「今、叩き斬ってやりたいが、そなたも武士。せめて、腹を切らせてやろう」

「きさま」

牧野は震える声で九郎兵衛を睨みつけた。

「お前が浜町水野家の家来三上を使って千代丸さまを殺そうとしたことは明らかになっている。そなたはもはや追い詰められているのだ」

「……」

牧野は何も言わずにむくりと起き上がった。

九郎兵衛はまだ喉元に刀を当てていた。

「わかった。言う通りにしよう」

「白装束に着替えて来る」

牧野が言った。

「駄目だ」

九郎兵衛はきつい目をして言い付けた。

牧野は九郎兵衛を見返した。

宙で目と目が静かにぶつかり合う。

やがて、牧野は諦めたように、「仕方がない」とため息交じりに言った。

「どこで切腹する？」

九郎兵衛はきいた。

「この上で構わぬ。畳を汚したくない」

「介錯は？」

「要らぬ」

牧野は冷たく言い放った。それから、床の間に置いてある脇差を持って来た。夜具の上で正座をして、まじまじと脇差を見ていた。

九郎兵衛は刀を鞘に納めた。

「これは殿から頂いた家宝だ。いまわの際に、物思いに浸らせてくれ」

牧野は九郎兵衛を見ずに言う。なかなか決心がつかないのか、脇差をじっと見ていた。

九郎兵衛は牧野の覚悟が固まるのを何も言わずに待っていた。

やがて、牧野は睨みつけるように九郎兵衛を見て、もろ肌になった。

突然、牧野が立ち上がり、脇差を脇に構え、九郎兵衛に向かって体当たりしてきた。九郎兵衛は咄嗟に身を翻しながら刀を抜いた。

牧野の小手を峰で打った。脇差が落ちる。

続けて、首筋も峰で打ちつけた。

牧野は仰向けに倒れ込む。

九郎兵衛は牧野の脇差を拾い上げ、鳩尾(みぞおち)めがけて刺した。

それから、牧野の上体を起こし、手に脇差を握らせた。

九郎兵衛は刀を鞘に納めて、家老屋敷を出て行った。

まだ明けの空が血を塗りたくったように赤く染まっていた。

その日の夜、九郎兵衛が部屋で愛刀三日月を磨いでいると、権太夫がやって来た。

どこか複雑そうな顔をしている。

「どうしたのだ」

九郎兵衛はきいた。

「実は千代丸さまはご無事だったようです」

「本当か」

「はい。無事だとわかるとまた襲われるかもしれない。それで安藤さまがわざと、容態が思わしくないと周囲に話していたそうです」

「そうだったのか」

「千代丸さまは自分を襲ったのは三上だと言い、三上が捕らえられ、牧野との繋がりを白状したと」

「よかった」

九郎兵衛はほっとした。

「千代丸さまが松永さまに会いたがっているそうです」

「千代丸さまが？　俺も会いたい」

九郎兵衛は言った。

「それから、牧野さまと久米さまが自害なさったようです」

権太夫が告げた。

「久米さまも？」

「そうです」

「そうか……」

美濃三次郎こと蓑田三郎が失敗したことを知り、進退窮まったか。

九郎兵衛は刀を鞘に納めて言った。

「このことには、あなたさまが関わっているのではないのですか」

権太夫はわかった風な口ぶりで確かめてきた。

「想像に任せる。それより、妹はどこにいるのだ」

九郎兵衛はきいた。

「そのことは追々お話ししましょう。まだ松永さまにはやって頂きたいことがございますので……」

「何」

九郎兵衛は睨め付けた。

権太夫も九郎兵衛の目を見返して、

「これから松永さまとは長いお付き合いになると思いますので……」

と、不敵な笑みを浮かべた。

この作品は書き下ろしです。

商人殺し（しょうにんごろ）
はぐれ武士（ぶし）・松永九郎兵衛（まつながくろべえ）

小杉健治（こすぎけんじ）

令和4年12月10日　初版発行

発行人――石原正康
編集人――高部真人
発行所――株式会社幻冬舎
〒151-0051東京都渋谷区千駄ヶ谷4-9-7
電話　03(5411)6222(営業)
　　　03(5411)6211(編集)
公式HP　https://www.gentosha.co.jp/
印刷・製本―株式会社 光邦
装丁者――高橋雅之

幻冬舎時代小説文庫

ISBN978-4-344-43252-9　C0193　こ-38-14

この本に関するご意見・ご感想は、下記アンケートフォームからお寄せください。
https://www.gentosha.co.jp/e/